KB057613

코이의 꿈

코이의 꿈

김 춘 기 지음

문이당

작가의 말

내 안에 갇혀있던 생각들을 하나씩 풀어내었던 이야기들이 모였다. 나만의 이야기를 세상의 이야기로 바꾸어 보고 싶은 열망을 가지고 쓴 글이다. 이제 우리의 생각이 될 수 있다면 더할 나위 없겠다는 마음 간절하다.

단풍이 잘 든 길을 걷다가 낙엽이 되어 바람에 흩날리는 잎들을 넋을 놓고 바라본 적이 있다. 그래 떨어진다고 아쉬워 말고 훌훌 잘 가라고, 한살이를 끝내고 떨어지는 잎에 찬사를 보냈다. 가지에 붙어서 물을 빨아올리고 꽃을 피우며 열매를 맺던 때를 아련하게 반추하며 떨어지는 낙엽의 모습은 참으

로 아름다웠다. 주어진 때를 잘 살고 누군가에게 자리를 내어
주는 것은 자연의 순리에 순응하는 가장 아름다운 모습이다.

　가지에 붙어 지내면서 두렵고, 춥고, 슬펐던 기억, 사랑받
고, 사랑을 나누었던 기억들을 쏟아내어 문자로 남기고 싶었
던 열망이 이루어지는 순간이다. 부끄럽고 떨리는 마음이 크
지만 용기를 내어본다. 누군가의 마음으로 옮아가서 그 마음
을 두드릴 수 있다면 더없이 좋겠지만 설령 문자로 남아서 기
다리고 있는 처지가 된다고 해도 쓰고 싶다는 욕망을 꺾을 수
없었다.

이제 나를 떠난 글이 세상으로 나갈 것이다. 부끄러운 구절들이 많고 어느 부분은 생 얼굴로 외출한 것 같아 얼굴이 화끈 거리지만, 못난 모습이 위로가 될 때도 있지 않을까 하는 생각으로 민낯을 그대로 내보낸다. 너그러운 마음으로 살펴봐 주시기를 소망한다. 글 쓰는 동안 잘 챙겨준 남편 차인화 님께 고마운 마음을 전하며, 이 소원을 이룰 수 있게 밧줄을 던져준 문이당 편집부에 감사드린다.

2021년 12월

김 춘 기

차례

작가의 말

1장 | 코이의 꿈

2장 | 꿈꾸는 토란잎

5장 | 유년의 길목

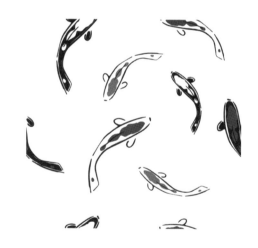

노목에 걸린 그리움

백 년은 족히 넘었으리라. 강변을 끼고 마음껏 위용을 펼치며 서 있는 팽나무 숲의 유래를 가늠해본다. 누가 심었는지, 홍수에 떠내려 오다가 이곳에 자리를 잡은 것인지 알 수 없다. 이만한 일가를 이루고 사는 팽나무가족의 역사라면 예사롭지 않을 터다. 수많은 심신이 이 그늘에서 쉼을 얻고 마음의 평안과 고요를 느꼈을 것이다. 나무가 만들어준 그늘 아래서 놀이로 즐거움을 누리고 화목을 다졌을 사람 또한 얼마나 많을까. 울울한 그늘을 만들어 쉼터를 제공하면서 위풍당당하게 서 있는 숲의 모습은 성자의 또 다른 면모일 수 있겠다. 생각할수록 수목의 혜택이 느껍고 덕을 끼치는 나무가 고맙다.

그 중에도 유독 가지를 길게 늘어뜨린 노목에 마음이 간다. 오래된 가지 끝에 어쩜 그처럼 많은 잎을 매달고 버틸 수 있는지 신비롭다. 평생 겪은 수난의 그림자를 더 짙게 드리우기 위해서 작은 잎사귀 하나도 버리지 못하고 무겁게 서 있는 것일지도 모르겠다. 서로 얽히고 서린 줄기가 유서 깊은 사연을 말해 주는 것 같아 숙연함에 젖는다. 무수한 잎 사이로 햇살이 화사하게 빛나고 불어오는 솔바람 따라 상념의 나래를 펼치는데, 노목의 가지를 타고 언뜻언뜻 내 어머니의 모습이 깃발 되어 펄럭인다.

나무는 늙을수록 멋이 나는데 사람들은 그 기품을 닮을 수 없을까? 어린이의 보드랍고 향기로운 살결과 표정은 어린 나무 햇순의 아름다움과 비교하여 손색이 없다. 발랄하고 사랑스런 소년기의 모습 또한 나무에 비할 바가 아니다. 싱그러운 청년들, 여유롭고 우아한 장년의 모습은 나무보다 더한 아름다움을 품고 있다. 그러나 노년의 모습은 우리를 당혹스럽고 안타깝게 한다. 물론 정정하고 아름다운 모습으로 늙어가는 노년도 있지만 그렇지 못한 경우가 대부분이다. 육신이 쇠

락하고 거동이 부자연스럽거나 정신이 혼미하여 분별력을 잃
어버리고 가엾고 초라하게 변하여 바라보는 이들에게 연민의
정을 자아내게 하는 것이 인간사 노년의 모습이다.

엄마도 그랬다. 고향에서 살 때 엄마는 선비를 닮은 기품
있는 모습이었다. 마을에 혼사가 있으면 으레 안현댁(엄마의
택호)에게 사돈지를 써 달라고 부탁해오곤 했다. 엄마는 방에
한지를 펼쳐두고 먹을 갈아 초서로 사돈지를 막힘없이 써내
려갔고 그 사돈지를 받으러 올 때 사람들은 작은 선물을 손에

들고 와서 예의를 표했다. 묵향을 닮은 엄마의 모습도 좋았지만 사람들이 엄마에게 존경을 담아 인사하는 모습이 가슴 뿌듯했다.

　고향을 떠나면서 엄마의 고생이 시작되었다. 넉넉하지 못하던 오빠 가족이 집을 사서 이사를 했을 때다. 너무 좋아서 어찌할 바를 몰라 주무시지도 않고 집 안팎을 청소하던 엄마는 의자에 올라서서 창틀을 닦다 넘어져 골반 뼈를 크게 다쳤다. 수술을 받을 수 없다는 진단을 받고 거동을 못한 채 앉은 자세로 겨우 집 안에서만 활동할 뿐 바깥출입을 못했다. 갑갑하실 것 같아 휠체어로 외출이라도 시켜드리려면 "내 이 몰골 세상 사람들에게 구경시킬 일 없고 자식들 번거롭게 할 일 없다."면서 아예 활동을 접으셨다.

　종일 가야 말 붙일 사람 하나 없는 집 안에서 누웠다 앉았다가를 반복하다가 생각이 그냥 뇌 속에 갇혀버리고 몸도 마음도 피폐해지기 시작했다. 처음에는 우울증과 위축된 증세를 보이더니 시간이 지나면서 망상과 환각에 시달렸다. 방 안에 누운 모습은 마른걸레를 펼쳐놓은 듯이 바스러져 보이고 멍하고 뿌연 눈빛은 초점을 잃은 채 적막감에 젖어 있었다.

더 이상 엄마의 모습이 아닌, 초라하고 가엾은 노인의 모습으로 바뀌어 버렸다. '이분이 정녕 우리 엄마인가.' 훤칠하게 큰 키에 정정했던 모습, 그린 듯이 우아하고 아름다웠던 이마의 선이며 단아했던 입술은 다 어디로 가버린 걸까. 웅크려 누운 엄마는 내 가슴에 박힌 돌멩이고 목에 걸린 가시였다. 주말에야 겨우 얼굴 한 번 내밀고는 다시 돌아와 버리는 큰 불효를 반복하면서도 직장 다니면서 세 아이 키운다는 핑계 속에 묻어버리고 나 자신의 피곤함만 앞세우곤 했다.

그 날은 토요일이었다. 퇴근길에 엄마를 뵈러 갔다. 대문을 밀고 들어가니 낮의 햇살이 고즈넉이 내리붓는 마루에는 적막이 먼지처럼 앉아 있었다. 사방이 괴괴한 가운데 홑이불처럼 가벼워진 엄마가 햇살을 받으며 멍하니 계시다가 인기척을 들은 반가움에 의식의 한 가닥을 붙잡아 어느 시점의 이야기를 풀어내기 시작했다.

"참 곱기도 하지 여덟 새로 짠 베라 발이 어쩌나 보드라운지, 이걸로 네 아버지 적삼을 지어야겠다. 잿물에 한나절 넘게 담갔더니 색깔이 노릿하게 참하게 났구나. 볕 좋을 때 푸새까지 해야겠구나."

삭여 들으니 엄마는 고향집 빨랫줄에 손수 짠 삼베 한필을 널고 있는 중이었다. 당신이 짠 베가 곱고 가늘어 아주 흡족해 하시면서 돌아가신 아버지의 옷을 지어드리겠다는 생각으로 모처럼 생기를 띠었다. 현실을 잊고 과거 어느 시점에 머물고 계신 모습이 행복해 보였다.

엄마의 모습을 지켜보면서 딸도 덩달아 켜켜이 쌓였던 세월을 밀쳐내고 고향집 마당으로 달려갔다. 그곳에는 껍질이 거칠게 일어난 노목이 된 감나무와 등이 휘어 자란 대추나무가 있었고 마당 한쪽에는 쌓아둔 낟가리도 있었다. 어린 딸은 낟가리 벼이삭을 쪼아 먹는 닭을 지키라는 아버지의 명을 받고 작은 키 때문에 잘 보이지 않자 대추나무 가지를 타고 올라가다 발을 헛디뎌 떨어졌다. 엄마는 어린 딸을 안고 피를 닦아주고 고약을 바르고 우는 딸을 업어 달래고 있었다. 그때의 엄마는 딸의 든든한 울타리고 보금자리였다. 그런데 그날 토요일의 엄마는 질곡의 노년을 견디기 위해 의식의 한 조각을 붙잡고 허깨비처럼 고향집을 유리하는 유약한 영혼의 초라한 노인이었다.

얼마 후 엄마는 가셨다. 그러나 딸은 엄마를 보내드리지 못하고 후회와 그리움에 머물렀다. 노쇠한 엄마의 모습에서 안타까움과 슬픔만 느낄 것이 아니라 적극적으로 방법을 찾고 보듬어 드리면서 외로움에 갇힌 엄마를 탈출시켜 드리지 못한 후회가 바윗덩이로 가슴에 얹혔다. 신이 인간을 창조할 때 늙음까지 만든 신의 실수를 탓하고 싶었다. 신께서야 뜻한 바가 있다 해도 철저하게 인간을 배려한 창조가 되지 못한 불만이 온통 머릿속에 소용돌이쳤다.

오늘 나무 그늘 아래에서 사람도 나무처럼 멋지게 늙고 싶다는 생각을 한다. 노목이 되어서도 연초록 잎을 달고 생동감 있게 서 있는 나무처럼 사람의 노후도 늘 싱그럽고 생기 있고 풋풋했으면 하는 기원을 되뇐다. 세상의 모든 노후의 삶이 건강하고 활기찬 축복의 모습으로 살기를 간곡히 소망해 본다. 나뭇가지 틈새로 지난 삶에 대한 후회가 나이테처럼 쌓이고 그리움이 강물 되어 흐른다.

색과 향의 계절

5월이 만들어낸 색채는 다채롭고 강렬하다.

그 아침은 싱그럽게 우리를 미혹했다. 손으로 움켜서 함께 놀고 싶은 다정한 햇살을 견딜 수 없어 떠난 발걸음이 어느 듯 축제의 장으로 이끌었다. 눈앞에 펼쳐진 장미의 화려한 색깔과 아찔한 향은 오월을 더욱 계절의 여왕으로 돋보이게 했다. 붉은색 넝쿨장미 터널 앞에서 숨 막히는 아름다움에 빠져 있는데 향기까지 더하니 현란함의 극치였다. 빨강, 노랑, 핑크 이 많은 색채들이 어디에 보관되어 있다가 이 계절에 이렇게 쏟아 나온 것일까. 또 향은 어디에 가두었다가 이제야 사방으로 풀어 놓은 건지 알 수 없다. 대부분 외국 이름을 달고 있는 것을 보면 지구의 어느 창고에서 갓 탈출하여 축제를 빛내려고 찾아온 귀빈이라는 느낌이 들었다.

노란 꽃잎이 겹겹이 싸여 동글동글한 모양을 하고 '카타리나'라는 이름표를 달고 있다. 화려한 색상과 뛰어난 향을 자랑하며 '퀸엘리자베스'라는 비교적 친근한 이름표를 달고 우리를 반겨 맞는다. 5월의 장미 그 눈부심에 취해 있으려니 줄 장미의 아름다움이 최고인줄만 알았던 옛날이 생각났다. 꽃밭 있는 집을 지어 담장에 줄 장미를 올리고 아치형 대문에 송이송이 장미꽃을 늘어지게 꾸며서 살아야겠다는 환상적인 꿈을 꾸던 때가, 화려한 오늘과 대비되면서 조금은 퇴색된 모습으로 물러나고 있다.

그 시절 고향의 5월은 하얀빛으로 채색되었다.

들녘에는 온통 찔레꽃으로 뒤덮였다. 하교 길 산모롱이에 지천으로 피었던 하얀 꽃잎을 한 움큼 따서 입에 넣으면 달짝지근한 향을 코끝으로 먼저 느꼈다. 덤불 사이로 돋아나는 찔레 새순을 잘라 쌉싸래한 맛을 씹으면서 허기를 달랬던 기억이 저 먼 곳에서 튀쳐나왔다. 그곳에는 5월의 햇살이 눈이 부시게 내리쬐었고, 햇살보다 더 밝은 웃음을 날리며 배고픔을 쫓았던 우리들이 있었다. 그 날의 추억이 하얀 찔레꽃과 함께 무채색 그리움으로 다가왔다.

훨씬 훗날 산길을 걷다가 향기에 취해 먹먹했던 적이 있었다. 하늘에서 내리붓는 짙은 향이었다. 사방을 두리번거리다가 머리 위에서 하얗게 피어 하늘을 덮은 아카시아 꽃을 발견했을 때의 경이로움은 환상이 그대로 하늘에 주렁주렁 매달린 모습이었다. 한동안 자리를 뜨지 못하고 들이키던 아카시아의 향기는 후각으로 남아 5월이면 떠오르는 나만의 기억이 되었다.

요즘 와서는 가로수로 늘어선 이팝나무의 흰 꽃이 볼만한 풍광을 만들어낸다. 도시의 거리는 온통 하얀색이 점령해버린 느낌이다. 하얀 쌀밥을 지어 배를 두드리며 먹고 남은 양을 주체하지 못해 주머니에 담아 걸어둔 모습이다. 풍년을 연상시키는 이팝나무를 보면 마음이 든든하고 여유가 느껴져 공연히 흐드러지게 핀 이팝나무 거리를 거닐곤 한다.

5월은 연초록 세상을 만든다.

장미축제를 보고 돌아오는 길 차창으로 바라본 산은 초록을 맘껏 뿜어내어 짙은 녹색으로 채우고 있었다. 산등성이는 물론 산 갈피갈피에 초록 잎을 무수히 달고 나온 신록은 그대로가 감동이다. 초록색은 사람들에게 안정감과 편안함을 준다. 초록을 바라보고 있으면 흥분된 마음이 차분하게 진정된다. 또 기운을 잃고 가라앉은 마음에는 활력이 생긴다. 새로운 희망이 솟구치기도 한다. 만약 나무, 풀, 잔디가 초록색이 아니라 주황색이라면 세상은 얼마나 어지러울까. 현기증이 날 것 같다. 평화와 안정이 깨지고, 신경질과 짜증이 늘어나고, 정신질환자가 많아지는 삭막한 세상이 될 것이다. 녹색 잎을 달고 서 있는 나무와 풀이 고맙다. 꽃이 빨리 지고 잎이 오래, 봄과 여름 내내 푸름으로 우리와 함께 있음이 참으로 고맙고 다행스럽다.

초록으로부터 마음의 평정을 얻은 적이 있었다. 교사로 근무할 때의 일이다. 수업이 시작 되었는데도 책을 펴지 않고 주변을 기웃거리는 아이가 있었다. 주의를 주고 타일렀다. 몇 번의 권유에도 응하지 않고 이유를 물어도 답을 하지 않고 화를 돋우었다. 질책의 말이 목구멍을 넘어와 입술까지 닿았을 때 창 밖 들판이 눈에 들어왔다. 거기에는 모 포기들이 줄지어 늘어서서 바람을 맞으며 초록 파도를 만들고 있었다. 들판이 만들어낸 초록물결은 신선한 느낌으로 마음에 와 닿았다. 묘한 힘이 화를 누그러뜨렸다. 아이의 들뜬 행동에는 뭔가 이유가 있을 것이란 생각이 들었다. 아이를 이해하는 방법으로 해결해야겠다는 생각이 입술에 맴돌던 질책을 목안으로 밀어 넣었다. 나쁜 말은 아이에게도 내게도 독이 되었을 텐데 마음의 평정을 찾을 수 있었던 것은 초록이 준 선물이고 혜택이었다.

5월은 색과 향의 계절이다.

5월은 빨강. 노랑, 핑크의 유채색만 만드는 것이 아니라 하얀 무채색을 만들기도 한다. 게다가 초록의 신비까지 더한다. 장미의 짙은 향기, 찔레의 은은한 향, 아카시아의 달달함까지 뿜어내는 계절이 오월이다. 그 많은 색을 어디에 갈무리했을까. 짙은 향은 어디에 밀봉해서 간직하고 있었을까. 화사하게 일시에 피었다가 무너져 내리는 꽃들은 또 어디에 모여서 새로운 계절을 꿈꾸고 있을지 자못 궁금하다.

5월이 참 좋다.

스페인 사람들도 '4월과 5월을 나에게 준다면 나머지 열 달은 당신에게 주겠다.' 고 했다니 5월이 좋은 계절이라는 것은 공인된 셈이다. 소망을 담았던 여린 잎이 짙푸른 녹음으로 자라나고, 꽃으로 피어나는 5월을 사랑한다.

코이의 꿈

    불그레한 얼굴로 익어가는 토마토가 탐스럽다. 보랏빛 매끈한 몸매의 가지도 맛깔스러워 보인다. 싱그러움을 뿜어내는 고추가 제 몸을 지탱할 수 없을 만큼 매달려 채소밭의 면모를 손색없이 보여 주고 있다. 밭다운 밭으로 변신에 성공을 거둔 것이다. 밭을 가꾸면서 알게 된 동네 어른 몇 분이 '그렇게 아침저녁으로 정성을 쏟으며 돌보니 어찌 안 되겠냐.' 면서 엄지손가락을 치켜세웠다. 얼른 봐도 주변의 다른 작물에 비해 활기차고 싱싱하다. 토양환경에 따라 식물이 이렇게 잘 자랄 수 있음을 보고 있으니 생각이 많아졌다.

아파트로 이사 오면서 공터에 약간의 땅을 부쳤다. 돌이 많은 박토로 식물이 제대로 자랄 것 같지 않았지만 그래도 귀한 땅이라 푸성귀 모종 몇을 사다 심었다. 워낙 돌이 많은데다가 근래 보기 드문 가뭄까지 겹쳐서 자라지 않고 땅에 바싹 붙은 모습이 꽤나 힘든 모습이었다. 물을 주면 돌 틈 사이로 빠져버리기 바빴다. 사람들이 먹을 물도 부족하다고 언론에서 연일 보도하고 있는 때인지라 밭에 물주는 것을 누군가가 보면 언짢게 생각할 듯해서 눈치가 보였다.

물주기를 중단한 이틀째부터 배배 꼬이며 시들어가는 모습이 보기 안쓰러웠다. 거친 돌밭에 겨우 뿌리를 의지하고 목이 타서 아우성 지르는 모습을 보느니 차라리 모종을 뽑아버렸다. 이왕 농사는 망쳤으니 땅을 거루어볼 작정으로 굵은 돌멩이를 골라내어 밭둑으로 옮겼다. 산에 가서 다 썩어 검은 흙이 된 낙엽을 긁어다가 몇 자루씩 밭에 넣었다. 또 종묘상에서 상토를 사서 그 위에 덮었다. 수북하게 밭이랑을 덮어쓴 부엽토와 상토를 섞어주면서 본토박이 흙과 사귀어 잘 어울리라는 언질을 보내면서 느긋하게 기다리기로 했다. 햇살을 받고 눈비를 맞으며 한 해를 넘겼다.

봄이 되니 어느새 호미를 들고 밭으로 나가고 싶었다. 어린 시절 농부의 딸로 자라면서 지켜본 일들이 내 몸 깊숙이 새겨져 있었던 듯 밭을 일구고 싶은 본능이 꿈틀댔다. 지난해에 뿌려둔 부엽토와 상토는 돌덩이처럼 딱딱하던 땅을 잘 구슬려 한결 부드럽게 만들어 놓았다. 척박했던 땅은 얼른 봐도 순한 모습으로 변했고 호미에 감겨오는 감촉이 부드러웠다. 부엽토를 한껏 껴안은 흙은 후덕한 인심을 지닌 넉넉한 집안의 노마님처럼 너그러운 자세로 어떤 모종도 받아들일 준비가 된 듯이 보였다.

몇 가지 모종을 사다 심었다. 출근하기 전 새벽에 모종에 물을 주고 잘 자라는지 살피는 일은 귀찮음이 아니라 기쁨이 되었다. 흙에 뿌리를 묻고 싱그럽게 자라는 푸성귀를 보는 기쁨은 어린 아이의 하얀 웃음을 보는 듯 천진무구의 희열이었다. 정성을 기울였더니 열매로 보답을 주는 내 채소밭이 놀랍고 고맙다. '땅은 가꾸기에 달렸다'는 말이 실감나게 와 닿았다. 우리 삶도 가꾸기에 따라 달라지는 것은 식물의 한 살이와 별반 다르지 않을 것이다.

코이라는 물고기 생각이 났다. 코이는 일본산 관상용 비단잉어로 머무는 환경에 따라서 자라는 크기가 다르다고 한다. 어항에서 기르면 5~8cm 정도 자라고, 연못으로 옮기면 15~25cm로 자라고, 강으로 옮기면 90~120cm까지 자란다. 어항에서 기르면 피라미밖에 되지 않지만 강물에 넣어두면 대어가 될 수 있음이다. 주어진 환경과 공간에 따라 잠재력이 획기적 가능성으로 발휘된다는 놀라운 사실이 코이의 법칙이다.

어항 속의 코이로 살던 때가 아스라이 떠올랐다. 중학교 입학시험에 합격했지만 진학하지 못하고 집에서 절망에 빠져 지내던 때가 있었다. 다른 아이들이 입학하던 날 학교에 가겠다고 서럽게 울며 소리쳤지만 끝내 진학의 꿈을 접을 수밖에 없었다. '딸(여자)은 초등학교 졸업시켜 이름자나 쓸 줄 알면 집에서 바느질과 살림살이 가르쳐서 시집보내면 된다.'는 아버지의 지론으로 인해서였다.

아무런 꿈도 비전도 없이 무료하게 지내던 어느 날 친구를 앞세우고 선생님이 찾아오셨다. 신설중학교를 설립하여 운영 중이던 선생님은 거침없는 입담으로 아버지를 설득시켜 나갔다. "여자도 배우면 제2의 김활란 박사와 황산성 판사가 될 수 있다."고 열변을 토하시는 선생님의 언변에 아버지의 완고함이 녹아 내렸다. 곁에 서서 아버지의 주장이 힘없이 무너져 내리는 쾌거를 보았고 내 꿈이 무지개가 되어 하늘 위로 두둥실 떠오르는 환상을 보았다. 곧이어 중학교에 진학할 수 있었고 그 후로 길이 열리면서 공부를 계속 할 수 있는 행운을 누렸다. 친구는 어항 속 소식을 선생님께 전해주면서 희망의 사다리를 놓아 주었고, 선생님은 어항에서 건져 연못으로 옮겨가는 구원의 사다리를 놓아주셨다. 나는 연못으로 옮겨진 코이로 살면서 더 큰 강으로 가기위해 지느러미에 힘을 키웠다.

나는 부채의식을 느끼며 살고 있다. 친구와 선생님에게 받은 도움을 누군가에게 돌려줘야한다는 막연한 생각이 그것이다. 행동으로 옮기지 못하고 생각에만 머무르다 사라지기도 하고 실천하지 못하는 스스로를 반성하다가 바쁜 일상에 묻혀 잊어버리기도 했다. 그래도 지우지는 않았다. 누군가에게 변신의 삶을 살도록 기회를 만들어 주는 것이 얼마나 중요한 것인지를 알기에 지울 수 없는 꿈이 되었다. 절망하는 이에게 희망을 주고 숨통을 틔워주려는 것이 얼마나 가치 있는가를 알기에 실천하려고 노력했다. 실제로 누구에게 어떤 도움이 되었는지 꼭 집어 말할 수는 없지만 나로 인해 강으로 옮겨진 코이도 있을 것이다. 그들도 지금쯤은 강을 헤엄쳐 다니면서 큰 바다로 나가려고 힘을 키우고 있지 않을까? 또 다른 코이를 강으로 옮기는 일에 사명감을 느끼면서 열정을 쏟고 있으리라 믿는다.

채소를 잘 키워낸 텃밭처럼 나도 삶의 텃밭에 꿈을 심고 그 꿈이 잘 자라도록 거름을 주고 물을 주리라 다짐한다. 힘없이 가라앉은 주변인을 보면 따뜻한 말로 위로하고, 정겨운 손길로 다독이고, 훈훈한 가슴으로 함께 하는 것 또한 삶의 텃밭을 가꾸는 일일 것이다. 잘 자라 싱그러운 빛을 뿜어내는 나의 채소들이 꼭 그렇게 살아보라고 환호하며 응원을 보낸다. 태양은 눈부시고 파란 하늘이 코이의 꿈을 지지하듯 넓게 펼쳐 있다.

시간표에 담은 황금기

한 폭의 산수화가 펼쳐지듯 멀리 산과 산이 이어져 부드러운 능선을 만들어낸다. 계곡과 능선이 겹치면서 갈피에 뽀얀 안개를 담은 모습은 물안개 피어오르는 강을 닮았다. 가까이에는 강물이 하얀 빛을 뿜으며 흐르고, 강을 경계로 제 나름의 모습을 갖춘 집들이 작은 도시를 이루며 길게 누워 있다.

우리 아파트에서 내려다 본 풍경이다. 한 낮에 이런 멋진 경치를 감상하면서 한 손에 찻잔까지 들려 있으니 이만한 여유로움이 어디 쉬우랴. 베란다에는 재스민이 연보라 꽃을 달고 향을 풍기고, 개나리를 닮은 햇살은 손등을 간질이며 환한 웃음을 날리고 있다. 찻잔의 커피향이 재스민 향과 어울리며 모호한 분위기를 만든다. 어느 노교수는 인생은 65세에서 75세 사이가 가장 황금기라고 했으니 나는 인생의 황금기를 맞았다. 싱그러움과 펄떡이는 푸른 빛 젊음은 잃었지만 이제 내 평생 가장 전성기라 할 수 있는 10년을 눈앞에 두고 있는 셈이다.

2013년 2월, 37년 동안 근무했던 직장에서 물러났다. 처음에는 멍하게 시간을 보내면서 영 마음이 편치 않았다. 일종의 일중독 증세였다. 곧 증세는 가라앉았고 퇴직 전보다 더 바빠지기 시작했다. 평소에 가고 싶었던 곳을 찾아 여행을 하고, 오르고 싶었던 산을 찾아 등산을 하고, 그동안 가지 못했던 모임에도 참석하면서 또 다른 일상에 묻혔다. 까마득하게 몰려오는 시간을 어떻게 처리해야 하나 하는 염려는 기우였다.

내친김에 더 보람차게 시간을 보내고 싶어 황금기에 어울리는 시간표를 짰다. 일주일을 오전 오후로 나누었고 오전에는 집안일과 운동을 하고 오후에는 평소에 배우고 싶었던 것들을 선택해서 일정을 짜니 그럴듯한 시간표가 만들어졌다. 중국어, 가곡, 하모니카, 오카리나 이런 단어가 시간표 빈 칸을 메웠다. 악기 하나 정도는 배워서 마음이 허할 때 스스로를 위로하겠다는 생각으로 하모니카와 오카리나를 선택했는데 손안에 쏙 들어가는 간편함이 휴대하기 좋았다. 흙으로 빚은 오카리나 소리는 휘파람 소리를 닮은 듯 맑고 경쾌해서 더욱 마음이 끌렸다. 연주법이 간편해 쉽게 배울 수 있었다. 노인 요양원 문화 봉사활동에 따라가서 어르신과 그 가족들 앞에서 연주를 했다. 처음 하는 활동이라 설렜다. 연주에 맞추어 덩실덩실 춤을 추는 어르신들을 보면서 잠시나마 삭막하고 고통스런 질병의 벽을 뛰어넘어 행복한 순간이 되기를 소망하며 정성을 다했다.

인생의 황금기 그 다음에는 어떤 시기가 올까. 절정에 올라 가장 좋은 시기를 보낸 다음이니 어느 즈음에 쇠락의 길이 이어져 있을 것이다. 거기에 도달하기 전에 지금의 황금기를 마음껏 누려야 한다는 절박감이 몰려왔다. 철없던 소녀시절에는 나이 듦에 대한 두려움을 가지고 있었다. 40세 이상의 모습을 상상할 수 없었고 그 때까지 살지 않을 것이라는 근거 없는 생각에 사로 잡혔다. 서른아홉에서 마흔 언저리를 넘어

갈 즈음에는 세월을 떠밀어내려고 안간힘을 썼다. 세월 앞에 방패막이라도 해두려는 듯 동지팥죽도 먹지 않았고 설 떡국도 입에 대지 않았다. 별스러운 결벽증에도 세월은 속절없이 흘렀고 여기까지 와서 보니 나이 듦이 그렇게 나쁜 것만이 아님을 알게 되었다. 사람이 늙는다는 것은 꽃이 피었다가 열매를 맺고 그 열매가 익어가는 것과 같다는 노래가사처럼 우리는 지금 늙어가는 것이 아니라 익어가고 있는 중이다.

이렇듯 조금씩 익어가다 보니 여유가 생겨서 좋다. 느긋하게 행복을 느끼는 순간이 많아졌다. 젊었을 때는 1.2의 시력으로 세상을 바라보았으니 보이는 것도 많고 거슬리는 것도 많았다. 못마땅한 것들이 눈엣가시가 되어 스스로를 괴롭히기 일쑤였다. 이제는 시력이 희미해져 웬만한 것은 어른어른 아름답게 보이고 거슬림이 없어졌다. 거슬림이 없어지니 평온하고 안정감이 찾아왔다. 그때는 주머니에 송곳을 넣은 채 살다보니 남을 찌르기도 하고 스스로 찔리기도 했다. 그래서 아픔을 주기도하고 아픔을 당할 때도 있었다. 이제는 송곳대신 손수건을 넣고 다닌다. 타인에게 묻은 먼지를 닦아 주기도 하고 나의 눈가에 고인 티끌을 닦기도 하니 한결 편하고 여유롭다. 쫓기면서 팍팍하게 살던 젊은 시절로 돌아가고 싶지 않다. 갈등과 질곡의 시간들을 잘 견뎌 온 자신을 칭찬하면서 현재의 황금기를 즐기고 싶다.

인생의 쇠락기가 되면 분명 지금처럼 사람들과 조화롭게 살아갈 수는 없을 것이다. 대화가 어려워지거나 몸을 지탱할 수 없게 될 수도 있을 것이다. 열매로 익어서 성숙함을 누리다 적당한 시기에 깨끗하게 떨어질 수 있다면 깔끔하게 한 살이를 마무리하는 최상의 삶이 될 것이다. 하지만 쉬 떨어지지 못하고 가지에 달린 채 오래 견디어야 할 경우라면, 열매가 농익어 악취라도 풍긴다면 어쩔 것인가. 다가오는 이 없는, 그리운 이들을 마냥 그리워만 하면서 마음을 헹구어야 할 때를 위해 자연친화 한 과목을 추가하고 싶다. 하얀 서릿발 아래 묵묵히 견디는 나무와 마음을 나누고, 길섶에 흐드러지게 핀 풀꽃의 위로를 받으려면 일찍부터 자연과 교감하는 법을 익히는 것은 필수교과다.

먼 곳에서 몸져누운 동창들의 소식이 들리는 날이면 안타까움과 함께 조밀하게 짠 시간표를 실행하지 못하고 나의 황금기가 예상보다 일찍 끝이 나면 어쩌나 하는 조급함이 따라붙었다. 느긋하던 여유로움도 예상치 못한 일로 끝이 날 수 있다는 걱정에 겸손 한 과목을 슬며시 끼웠다. 몸을 낮추고 일상을 소중히 여기자. 분수를 넘지 않고 주변의 소소한 일들까지 살피자. 나들이 나온 햇살이 생각 많은 내 등을 어루만져 위로를 한다. 재스민은 더욱 진한 향을 내뿜으며 쏟아놓은 염려들을 쓸어 담는다. 멀리 능선 사이로 황금기를 담아 짠 시간표가 무지개가 되어 행복의 다리를 놓고 있다.

진달래와 아들

초겨울 산행에서 진달래를 만났다. 마른 가지 끝에 홀으로 성글게 붙은 모습이 영 강파르다. 입동 지난 계절에 웬 꽃이 나는 반가움이 앞서다가, 귓불을 스치는 찬바람에 염려가 따른다. 저러다가 곧 된바람이 몰려올 텐데 어쩌나. 세상을 열어재치고 나온 용기를 칭찬하기엔 계절이 걱정스럽다. 꽃눈 속에 꼭꼭 숨었다가 추위가 지나간 따뜻한 봄날에 기지개 펴며 수줍게 나왔으면 당연히 환영했을 것이다.

연분홍 치마를 팔락이는 을씨년스러움이 흡사 엄마 잔소리

를 귓등으로 흘러듣고 고집피우는 콧등 센 아이 모습이다. 개
나리가 제멋대로 피더니 그걸 유행쯤으로 여겼나. 주변을 아
랑곳하지 않고 덩그렇게 나앉은 철부지다. 처음에는 한 그루
의 일탈로 보았다. 산을 오르면서 제법 여러 곳에서 피는 현
상을 보니 어떤 풍조가 번지고 있지는 않나 하는 쪽으로 생각
이 기울었다. 계절과 상관없이 온도만 맞으면 참지 못하고 피
는 모습이 요즘 젊은이들과 흡사하다.

아들은 늦은 나이에 얻은 막내다. 손 안에서 키우며 제일
많이 들려 준 말이 '조심하라'였다. 레드 카펫은 아닐지라도
순탄한 자리를 깔아주고 싶은 간곡함을 품은 채 기도하며 키
웠다. 취직까지 했으니 조바심이 조금 누그러들었을 때다. 좋
은 색싯감이 있으니 아들 선 한 번 보게 하라는 지인의 말이
반가워 아이의 뜻을 묻기도 전에 덜렁 약속을 해버렸다. 당연
히 받아들일 거라 가볍게 생각했던 것이 사단이었다.

아들은 버럭 화를 내며 예상 외로 날카롭게 응대했다. 아직
결혼생각 없다는 답과 함께 그 약속은 엄마가 해결하라고 잘
라 말했다. 이제까지 엄마 말 따르느라 소심하게 살았고 조심
하느라 재미나게 지내지 못했으니 지금부터 자유롭게 살겠다

는 내용이다. 제법 격한 어조에 놀랐고 예상 못한 답변에 당황했다. 나이가 들면 가족을 만들고 가정을 꾸리는 것이 우선순위라고 응대하고 싶었지만 꿀도 약이 된다고 하면 쓰다 할 터, 섣부른 주장을 하다 아들이 대화의 문을 닫아버릴까 목구멍까지 올라온 말을 꾹꾹 밀어 넣었다.

설익기는 해도 크게 어긋남이 없었고 생각이 잘 통한다고 믿어왔던 아들의 반격은 적잖은 상심이었다. 욜로(한 번 뿐인 인생)니, 워라 밸(일과 삶의 균형)이니 하는 신조어가 우리 집에까지 밀려왔나보다. 주말이면 자전거 타고, 캠핑 다니면서 제 인생 충분히 즐기겠다고 세상에서 제일 소중한 짝 찾기를 소홀히 하는 아들이 철부지로 보였다. 현재를 즐기자고 외치는 아들에게 미래도 소중하다고 되받아치고 싶다. 등줄기라도 후려치고 싶은 마음을 혼자서 삭이며 속상함을 눌렀다.

부모가 언제부터 아들에게 말 한마디 마음대로 하지 못하는 세상이 되었나. 할 말을 삼켰더니 떡심이 풀리고 부아가 치밀지만 묘수가 없다. 일과 생활 중 무엇이 더 중요한가에 대한 물음에서 일이 2위로 밀려났다는 기사를 읽었을 때 새 물결이 가까이 다가왔음을 감지했다. 성공적 삶을 꿈꾸던 우리 세대는 충분히 즐기며 살자는 아들 세대의 태도가 염려스럽다. 오늘도 중요하지만 내일이 있음을 기억하라고 말해주고 싶은 것은 살아본 경험에서 나온 축적이다.

초입부터 가파르던 산이 오름으로 이어졌다. 가쁜 숨을 몰아쉬면서 꽃을 찾느라 두리번거렸다. 활짝 핀 송이도 여럿 있다. 제법 화사하게 어울리며 무리를 이룬 곳도 여기저기 눈에 띈다. 곁에 선 억새는 겨울준비 하느라 꺼칠한 모습이고, 물푸레나무도 서둘러 잎눈을 걸어 잠근 듯 잠잠하게 서 있다. 주변이 모두 겨울채비에 한창인 산 중턱에서 진달래꽃 잔치는 뭔가 썰렁하다 생각하면서도 눈길은 자꾸만 꽃을 쫓고 있다.

꽃 잔치는 봄에 해야지. 이 겨울에 무슨 잔치냐고 나무라는 마음이 들면서도 자꾸 눈길이 끌리는 것은 곱고 화사함 때문이다. 나의 조바심은 아랑곳없이 그들의 생각은 사뭇 다르다. 삭막한 주위를 저희 몇몇이 환하게 밝히며 시대를 앞서간다는 자부심으로 서로 연대하고 격려하는 듯하다. 무엇이 무서워서 겁쟁이처럼 문을 꼭꼭 닫고 웅크리고만 있느냐는 듯 용감하게 행동한다. 그들의 외침이 커지니 산은 점점 울림으로 가득 찼다. 적막하기만 하던 겨울 산은 진달래 꽃송이가 몰고 온 활기로 여기저기 분주해진 모습이다.

어느 주말 풍경이 떠올랐다. 아들이 내려온 주말, 젊은 피를 수혈 받은 집안에는 활기가 돌았다. 평일의 적막은 어디 마음껏 즐겨보란 듯 자리를 비켜주었다. 식탁의 반찬그릇이 말끔하게 비워지고, 맛있게 먹는 아들의 모습을 보는 우리도 덩달아 숟가락질이 바빠졌다. 사워 할 때 마다 빨래 감이 쏟아져 나오고 세탁기는 힘차게 돌아갔다. 우리도 분명 젊은 시절이 있었으련만 이제는 바라보는 것만으로 젊음을 즐길 뿐이다.

노고산 막바지 된비알을 넘어서 꼭대기에 섰다. 시야가 탁 트이며 마음까지 뻥 뚫렸다. 멀리 산 능선 갈피갈피에 들어앉은 풍경이 정겹다. 두 팔을 뻗쳐 올리며 마침내 해냈다는 뿌듯함이 피로감을 씻어준다. 오를 때는 힘들었지만 과정을 지나고나니 이렇게 좋은 풍광이 주어지지 않나. 고난 중에도 행복은 있다고 나름의 신념을 읊으면서도 개운하지만은 않다. 산을 오를 때 본 꽃송이가 눈에 밟히고 그들의 항변이 찜찜하다.

진달래가 겨울 산을 선택한 것을 무조건 나무랄 일이 아니다. 그들은 온갖 꽃들이 피어나는 봄 동산의 소란스러움을 피해 자신만의 색깔을 선명하게 드러내고 싶어 겨울 산을 선택했을 것이라는 생각이 자리를 바꾸어 앉는다. 얼마나 사랑스럽고 귀한 모습이었던가. 오늘 힘든 산행도 그들을 보느라 즐겁게 산을 오를 수 있었던 것이다. 진달래나 아들에 대한 걱정은 나이든 사람의 괜한 노파심과 사고의 편향성 때문일 것이다.

누구나 중요한 고비마다 선택을 한다. 그럴 때면 자신에게 가장 맞는 방법을 택하기 위해 거듭 생각하고 고민을 한다. 그들도 자신에게 가장 잘 어울리고 가장 유익한 것이 무엇일까를 고민했을 것이다. 그들의 행동을 옳고 그름의 잣대로 볼 것이 아니라 선택의 문제로 봐야했던 것이다. 생각이 바뀌니 하산 길은 가볍고 환했다. 걱정이 덜어지니 겨울철 꽃을 보는 기쁨이 배가 되었다. 이제 꽃 잔치는 썰렁한 것이 아니라 썰렁한 주변을 밝히는 이벤트로 보였다.

주말에 만난 아들은 싱그러웠다. 어리게만 생각되던 모습 너머로 의젓함이 보였다. 운동으로 체력을 단련해서인지 수

도권 물을 먹어서인지 모르겠으나 미끈하고 세련되었다. 직장 이야기, 출장 다닌 이야기, 자전거 동호회 이야기 등을 거침없이 쏟아내는 모습이 물오른 나무의 푸릇푸릇함을 닮아 눈이 부셨다. 무기력하던 집안 분위기가 일시에 살아나고 모처럼 사람 사는 집 같다.

힘들게 살았던 우리 세대 고정관념으로 아들을 바라봤으니 마음이 불편했던 것이다. 젊은이들의 풍조에는 나름대로의 이유가 있을 것이다. 시대에 맞추어 변하는 의식이나 세태를 어찌 막을 수 있으랴. 그들도 밀려가고 몰려오는 변화의 큰 물줄기를 타느라 나름대로 애쓰며 항해를 할 것이다. 좋은 세상에 태어나서 더 잘 먹고 더 많이 배워 똑똑해진 젊은이를 인정해야 한다. 한 번 뿐인 인생인데 자신이 원하는 쪽으로 선택할 자유가 그들에게도 있다. 자칫 나의 틀에 싱싱한 젊음을 가둘 뻔했다. 그들에 대한 염려를 슬며시 거둬들인다.

언제 한번 등산이나 가자고 아들에게 프러포즈 해야겠다.

서로의 끈이 되다

　봄, 따사로운 햇살이 하도 살가워 항아리에 담아 오래 보관하고 싶은 살진 봄날이다. 오랜만에 화분 정리를 할 요량으로 베란다에 섰다. 한때는 꽃과 마음을 나누며 동반자로 지내기도 했다. 가지를 잘라 발을 내고 그것이 뿌리 내리며 푸릇푸릇 커 오르는 모습을 지켜보는 일은 지친 일상의 위로였다. 새 생명을 키우는 일은 널뛰는 마음을 가라앉히는 마술 같은 작업이었다.

　중앙 물받이 옆에 끌밋하게 서 있는 분이 눈길을 끈다. 몇

년 전 지인에게 받은 다육이 분이다. 꽃과의 관계가 시들해지고 베란다 청소에서 벗어난 시기도 그 즈음이다. 무관심 속에서 제멋대로 자란 것을 남편이 손댄 모양이다. 꽃대가 넘어지지 않도록 노끈으로 묶었다. 막대기처럼 웃자란 줄기 넷이 하나로 뭉쳤고, 그래도 분이 얕아 바로 서지 못하니 아예 물받이 기둥에 고정시켰다.

끈에 묶인 모습이 조금 어설퍼 보였지만 줄기에는 노랗고 자잘한 꽃송이가 조롱조롱 매달려 있다. 기특하고 신기해서 한참을 들여다보니 노란 물결이 파도가 되어 가슴에 안겨왔다. 줄기가 굽어 바닥을 기거나 숫제 누워야 할 처지인데 바로 서서 클 수 있음은 순전히 묶어준 끈의 힘이다. 끈이라는 든든한 후원자를 만나면서 버티고 견뎌야 할 에너지를 꽃 피우는 일에 집중할 수 있었나보다.

우리도 가족이라는 끈으로 묶이어 올망졸망 꽃을 피우고 있었다. 남편의 사업이 무너져 내려 먹구름이 가정을 덮치기 전에는 그랬다. 우리의 꽃밭에는 은행의 빨간 딱지가 붙고 집과 값이 나갈만한 물건은 빼앗겼다. 우리는 더 이상 꽃이 아니었다. 차라리 들풀이 부러웠다. 그들은 살아갈 터전이 있지만 우리는 거처할 곳조차 막막했다. 가장이라는 끈이 해지니 남편 대신 해진 끈을 잇고 기워 나가야 했다. 직장, 육아, 살림, 짓누르는 부채 덩이에 매일매일 곡예를 펼쳤다.

별 문제 없는 줄 알았던 부부 사이가 시련이 닥치니 문제점들이 보였다. 그러고 보니 맞는 구석이 별로 없었다. 생각이나 살아가는 방식이 사뭇 달라 각이 맞춰지지 않았다. 고생 모르고 자란 그는 동화 속 왕자였다. 귀하게 자라온 왕자에게 고난은 견딜 수 없는 험로였다. 뜻대로 되지 않는 현실에 마음의 평형수를 잃었고 점잖은 틀거지와 달리 버럭버럭 화를 내뿜었다. 그와의 동거는 유리그릇 다루듯 조심스럽고 허공 잔도를 걷는 만큼 조마조마했다.

절망의 깊이만큼 아슬아슬한 기간이 길어졌다. 가족 간에 말을 함부로 뱉어낼 수 없는 것이 고통이라는 것을 그 때 알았다. 예사로운 말도 상처를 가진 사람에게는 아픔이 되는 것이었다. 한마디 말이 불씨가 되어 전선이 형성되고 나는 나대로 그는 그대로 힘이 들었다. 일이 생길 때마다 책임 소재를 따지는 이기적인 마음이 싹텄다. 이기적인 마음은 자꾸만 계산을 하게 되고 뭔가 억울하다는 쪽으로 생각을 몰아갔다. 그래도 가족의 끈만을 놓치지 않으려고 안간힘을 쓰다가 그 무게에 눌려 내 몸 설명서를 읽지 못하고 내달렸다.

무엇이든 시작이 있으면 끝이 있는 모양이다. 시간이 약이 되어 우리는 시련에서 벗어났다. 무거운 짐을 벗었으면 홀가분해야 할 몸이 고갱이가 빠진 듯 비실거렸다. 위기를 탈출했다는 안도감이 긴장으로 팽팽하게 조였던 나사못을 풀어버린 탓인지 원인 모를 난치성 병이 찾아왔다. 평생 약에 의존해서 살아야 했다. 몸에 깃들어 사는 것이 마음인지라 몸이 시들하니 마음은 윤기의 뿌리를 잃으면서 꽃과의 사이도 소원해졌다. 약 잘 챙기고 규칙적으로 살면 뭔들 대수이겠느냐 생각을 하면서도 기운이 빠져나가는 것은 어쩔 수 없었다.

다툼은 생존이 치열할 때 오는 것이었나 보다. 위기에서 벗어났다는 고마움에 마음은 잔잔한 강물이 되어 언쟁이 끼어들 틈이 별로 없었다. 아이들이 모두 떠나고 남편과 둘만 남게 된 집에는 앙금이 가라앉은 일상 위로 가끔씩 파도가 일렁거리기는 해도 거친 풍랑은 아니었다.

남편이 사흘간 낚시를 간 날이다. 전날부터 집 비우는 사이

약 잘 챙겨먹고 규칙적으로 운동하라고 몇 번이나 닦달했다. 중환자라도 되나 어린애도 아닌데, 피식 웃음이 나왔지만 걱정 말라고 건성으로 답했다. 내심 오랜만에 혼자 즐길 시간이 기대되었다. 이른 새벽에 남편이 떠나자 느긋하게 여유를 부리며 찻잔을 들고 식탁에 앉았다. 직사각형 식탁 긴 면에 노란 포스트잇이 줄지어 붙었고 그 위에 아침저녁으로 먹을 약이 순서대로 놓여 있었다. 마치 열병식을 기다리는 병사처럼 날짜별로 줄을 섰다.

'이렇게까지…….'

홀로 지낸 사흘은 못난 마음을 들여다보는 시간이었다. 남편이 내 인생을 가장 힘들게 한 사람이라 낙인찍어 두었으니 순간순간 원망이 솟구치기도 했다. 인생 최대위기를 맞은 그에게 구원투수로 활약했음을 은근히 내세우며 우쭐거릴 때도 있었다. 힘들게 살았다는 스스로의 연민에 빠져 상대의 마음을 헤아리지 못할 때가 많았다. 큰 병원에서 진단을 받고 마음이 곤두박질 칠 때 다독여 근심의 두께를 줄여준 이도 가족인데 말이다.

가족은 서로가 끈이 된 사람들이다. 그 끈이 옥죄여 올 때면 족쇄처럼 느껴지기도 하지만 결국은 서로를 세워주는 존재들이다. 어느 쪽이 넘어지고 어느 쪽이 세워주느냐를 따지는 것은 지나친 셈법이고 동행자의 모습이 아니다. 서로를 살피며 해진 끈을 기워가며 걸어야 함께 갈 수 있다. 홀로 걷는 자유로움도 좋겠지만 다독이며 걷는 동행의 모습 또한 아름다움이다.

식탁 위에 도열했던 열병식 병사들은 임무완수 후 떠나고 메모지만 남았다. 노란 포스트잇은 별이 되었다. 줄지어선 별들은 가족의 길을 일깨웠다. 들켜버린 내 민낯이 민망스러워 찻잔을 들고 베란다로 나갔다. 거기에는 끈으로 하나 된 작은 꽃송이 가족들이 서로를 다독이며 사이좋게 피어나고 있었다.

어떤 외도

수필가로 입문했다. 마음속에 도사리고 있던 열망을 꺾지 못해 늦은 나이에 시작한 글쓰기이다. 가슴 설렘은 잠시, 자세히 들여다본 작가의 길은 쉽지 않아 보였다. 잘 쓴 글들을 읽다보니 글감을 선정하는 밝은 눈과 주제를 형상화시키는 힘, 인생을 읽어내는 안목이 예사롭지가 않다. 늦은 시작이니 꾸준히 습작하고 좋은 글을 많이 읽겠다는 생각으로 마음은 늘 분주했다. 함께 공부하던 문우들이 수필로 등단을 했으니 이제 시에 도전하자고 했을 때 한마디로 거절하는 수필에 대한 순정이 있었다.

외도는 우연찮게 시작되었다. 좋은 작품은 많았고 그것을 등불삼아 길을 찾으려고 애쓰며 작품을 읽다보니 도리어 절망으로 바뀌었다. 한계를 느끼면서 내 글재주는 점점 작아졌다. 시작할 때의 호기로운 의욕이 사라지고 있었다. 잠시 멈추어서 주변을 살피다가 모 일간지에서 신앙시 모집 신춘문예 공고를 읽었다. 자신의 문장이 시詩문으로 잘 맞지 않음을 알면서 응모를 했다. 더구나 요즘의 난해한 시에 접근할 수 없음을 인지했기에 별 기대는 하지 않았지만 등단 이후 침묵을 지키며 지내는 것이 견디기 힘들어 작품을 보냈다. 그것이 과분한 상으로 이어지고 한껏 주눅 들어있던 마음에 공기를 불어넣었다. 꽈리처럼 부풀어 오른 자존감이 잃어버린 기운을 찾아주었다.

아마 중년남성이 남자로서의 자신감을 잃어갈 때 누군가가 자신의 남자다움을 확인시켜주면 걷잡을 수 없는 자신감으로 사랑의 감정에 휘말리게 되는 연애감정이 이럴 것이다. 자신감을 잃고 풀이 죽어있던 차에 당선이 되고 서울에 올라가서 신문사의 카메라 세례를 받는 시상식을 치르고 신문지상에 얼굴을 올린 후부터는 한껏 고무되었다.

56

사람의 마음은 자기위주로 기울어지기가 쉽다. 자신을 인정해주는 곳이 있다는 안도감이 한 걸음 더 나가보자는 마음으로 커졌다. 혹시 스스로도 알지 못했던 시에 대한 재능이 있지 않을까 하는 자신감이 생기면서 깊이 있게 공부하겠다고 마음을 정했다. 그러면서도 뭔가 찜찜함이 따라붙었다. 어느 수필가가 '잘 쓰지도 못하면서 다른 장르를 기웃거리는 사람은 낯 두꺼운 사람들'이라는 일갈이 떠오르면서 심기가 불편했다. 어쩌면 이 찜찜함이 부끄러움일 수 있음이다.

본격적인 시작도 하기 전에 의도하지 않는 데서 우연한 기회에 마음을 빼앗기고는 거기서 어느 쪽이 더 가능성이 높은가를 저울질하는 모습이다. 마음에는 수필을 품고 다니면서 시 공부에 열을 올리고 다니는 모습이 아름다운 부인을 버리지 못하면서 새로운 애인에게 사랑을 바치는 바람난 남편과 같은 이중생활이었다.

피천득 선생은 수필을 청자연적에 비유했지만 나에게 수필은 조강지처이다. 아름다운 부인을 집에 두고 다른 여자에게 마음을 빼앗기어 주변을 두리번거리는 생활은 개운치 못하다. 자신이 얼마나 좋은 것을 가지고 있는지를 모르고 더

나은 것을 찾아 헤매는 모습은 남의 밥 속에 든 콩이 더 굵어
보이는 심리이다. 꼭 맞지 않은 뚜껑을 닫은 냄비처럼 겉도는
느낌이다.

수필 앞에 앉으면 오랜 친구를 만난 것처럼 마음이 편하다.
오래 함께 갈 길동무라는 생각에는 변함이 없다. 어느 수필가
의 작가노트에서 '뼈마디가 삭아 내리는 통증과 날밤을 세는
몰입의 광기가 퍼덕거린다'는 구절을 읽으면서 부끄러웠다.
진정한 작가들은 에너지를 다 쏟아 부어서 결과물을 얻고 있
는데, 본격적인 궤도에 오르지도 못했으면서 양다리를 걸치
고 무엇을 하겠다는 말인가.

좋은 글쓰기는 참 어렵다. 조급한 마음을 가지면 더욱 그
렇다. 마음의 욕심을 내려놓고 글감을 재해석하는 안목을 높
이고 언어를 숙성시키는 기다림을 배워야 하는 먼 길이다. 잘
쓰고 싶다는 부담과 거기에 상응하지 못하는 내면과의 갈등
에 의한 외도였다. 일반적인 외도는 달콤한 순간을 즐기는 기
쁨이 있지만 나의 외도는 즐거움 부재의 개운치 못한 감정이
함께 한 것이었다. 사람들의 평가를 받기 위해서 글을 쓰는
것이 목표가 되어서는 안 된다는 깨달음이 왔다. 좋은 글 한

편을 쓰기 위해서는 잉태와 해산의 고통을 거듭하면서도 오로지 한 길을 가야 한다. 꾸준히 가다보면 잡히는 것이 있으리라. 본연의 마음을 찾아서 지고지순의 정신으로 정진하면 나의 길이 열리는 날이 있으리라.

눈을 감아 본다. 결과를 앞세우려 했던 욕심이 곁길을 기웃거리게 했다. 외부를 의식하는 글쓰기는 진솔한 글쓰기가 되지 못할 것이다. 내면을 채우다보면 어느 시점에서 넘쳐남이 있음은 삶의 이치이다. 세포 하나하나를 태워내는 각오로 한 우물을 깊이 있게 파야 할 듯하다. 깊이 있는 눈으로 세상을 바라보고 문장의 금맥을 찾아 나의 것으로 만들고 순전한 마음을 담아 울림을 주는 글 한편 쓰겠다는 소망을 가슴에 품는다.

틈의 힘

유채꽃 물결이 눈부시게 곱다. 노란 꽃밭과 검은 돌담의 대조가 볼거리를 더했다. 가공하지 않은 돌들을 얼기설기 쌓은 돌담 사이로 난 틈이 눈길을 붙잡았다. 가벼운 현무암의 돌담이 바람 많은 제주에서 어찌 견디나 했던 생각은 공연한 염려다. 제주의 돌담은 웬만한 태풍에도 꿈쩍하지 않는다. 돌담이 무너지지 않는 것은 그 엉성한 틈새가 있기 때문이라니 고개가 갸웃거려진다.

제주의 돌담은 바람이 세게 불수록 돌들이 서로 모이면서 더 튼튼해진다. 물리학에서는 이러한 현상을 베르누이의 법칙이라 한다. 바람이 돌 사이 구멍으로 빠르게 지나가면 바깥쪽에서 안쪽으로 힘이 작용하게 되어 바람이 부는 동안에는 무너질 수 없는 것이다. 틈새를 통과하는 바람에 의해 압력의 차이가 생기면서 돌들이 서로를 잡아당겨 무너지지 않는다. 틈새의 아이러니다.

틈이란 균열을 일으키는 쇠락의 시작점으로만 알았다. 벽에 틈이 생기면 바람이 들어오고 마음에 틈이 생기면 의심이 시작된다는 옛말도 있다. 제국의 몰락도 큰 둑의 무너짐도 작은 틈새에서 시작하지 않았던가. 기둥과 대들보를 썩게 만드는 것은 처마 틈으로 스며든 빗물이 시작점이다. 믿음과 불신은 한 치의 틈으로 갈린다.

나는 허술하고 틈이 많은 편이다. 새로운 일이 닥치면 허둥대다가 일을 그르치기 일쑤이고 찬찬히 살피지 못하고 급하게 서두르는 바람에 나중에 후회를 하는 경우가 허다했다. 처음 교단에 섰을 때도 아이들이 큰 덩어리인 채로 눈에 들어와 한사람씩 세밀하게 살피지 못했다. 당연히 문제점이 눈에 들어오지 않았다. 동료교사는 수시로 학생들을 교무실로 데려와서 지도하는 자상한 모습을 보이는데 나는 그렇지 못했다. 틈이 많은 나의 그물망에는 큰 잘못을 저지른 아이가 아니면

걸려들지 않았다. 엉성한 잣대를 가진 내가 교사로서 합당하기는 할까 자책하는 시간이 많았다.

제주 돌담을 보니 틈의 묘한 의미가 새롭게 와 닿는다. 살아온 길목에서 틈이 있었기에 힘든 고비를 넘을 수 있지 않았을까 하는 생각이다. 작은 근심은 엉성한 그물망으로 흘려보내고 큰 문제만 걸려 있었기에 그것에 집중해서 헤쳐 나올 수 있었을 것이다. 학생들에게도 허점을 들추지 않고 무심히 흘려보낸 것이 오히려 다행일 수 있겠다. 사소한 것까지 들먹여 아이들의 자존심을 긁지 않았으니 말이다. 굳이 끄집어 드러내지 않아도 아이들은 스스로를 바로잡으며 성장했을 터이다. 인간에게는 자정능력이 있지 않는가. 그렇게 생각하니 늘 후회만 일던 지난날이 조금 위로가 된다. 스스로 못마땅하게 여기던 엉성한 틈이 오히려 삶의 무게를 줄였다고 생각하니 놀랄만한 틈의 역설이다.

며칠 전 시멘트 틈 사이에서 수양버들이 자란다는 신문기사를 읽었다. 건물 외벽 갈라진 틈새로 수양버들 한 그루가 자라고 있었다. 사람의 손이 닿지 않는, 풀 한포기도 없는 곳이다. 건물 한 층 높이의 벽에 줄기를 밀착시키며 자라는 모습이 사람들의 눈길을 끌만했다. 작은 틈을 비집고 씨앗이 날아와 싹이 튼 것이다. 그 틈으로 햇살이 들어오고 바람이 지나가며 나무를 키웠다. 기자는 틈새를 찾아든 씨앗의 신기함을 보도했지만 내 눈에는 씨앗을 품어 안고 키운 틈의 관용이 더 놀라워 보였다. 하기야 기암절벽에서 자라는 소나무 또한 얼마나 많은가. 바위와 소나무가 만들어낸 멋진 풍광에 마음을 빼앗기면서 정작 생명을 키우는 틈의 힘을 생각하지 못했다.

틈은 생명의 공간이다. 이른 봄 흙을 밀고 올라오는 노란 새싹은 흙의 틈새가 만든 생명의 경이로움이다. 어린 날 고향의 냇가 돌 틈사이로 만져지는 민물고기의 미끈거리던 몸은 얼마나 원초적인 느낌이던가. 모랫바닥에 몸을 숨기고 살아가는 수많은 조개들도 틈이 주는 혜택 속에 살아간다. 틈이 없다면 그들은 어디에 몸을 숨기고 어디에서 알을 낳아 기를 수 있을까? 그들에게 틈은 적의 공격을 피하는 도피처이고 생명을 이어가는 삶의 공간이다. 땅이나 강바닥이 시멘트를 발라 놓은 듯 밋밋하기만 하다면 생명체들에겐 크나큰 낭패였을 게다.

사람 사이에도 적당한 틈이 필요하다. 친한 사이라 해서 지나치게 가까이 있으면 서로에게 상처를 낸다. 타인보다는 가족으로부터 상처를 받는 경우가 많고, 거리를 두고 사귀는 친구보다 허물없이 가까운 친구에게 쉽게 상처를 받는다. 친하다고 해서 밀착되어 지내다 보면 부딪힘이 잦아지고 부딪치면 틈이 아니라 금이 생긴다. 스스로 한발 뒤로 물러서서 상대에게 틈을 열어주는 것이 현명한 처세다. 비워 두면 더 큰 사랑이 머물 수 있음이다.

사람도 빈틈없는 사람보다 틈이 있는 사람이 더 여유로울 수 있다. 틈이 있는 사람은 왠지 나의 실수를 슬며시 받아 안아줄 것만 같은 푸근함이 느껴진다. 인간적인 맛과 소탈한 느낌이 드는 그런 사람이다. 그러고 보면 틈은 감추거나 덮어야 할 허점이 아니다. 틈이 서로를 이끌어 단단한 힘이 될 수 있음이다. 나의 틈이 누군가에게 위로가 되고 나는 그 누군가의 틈을 수용할 수 있다면 우리의 틈은 제주의 돌담처럼 단단하게 결속되리라.

틈이 길을 만든다. 그 길로 이해와 소통이 오가며, 소통은 숨통을 틔운다. 틈은 생명을 키우는 공간이다. 틈으로 바람이 스치고 수분이 머물고 태양이 비추면서 생명이 자라나는 공간이 되었다.

틈은 허점이 아니라 관용이고 여백이다. 관용은 타인의 허점을 비난하지 않고 너그러움으로 받아 안는다. 그 여백으로 사람이 찾아들고 사랑이 자라난다. 이제 내 마음의 틈새에도 여백 하나 만들어 제주 돌담같은 묘한 힘을 만들어 보리라.

제주 하늘이 물빛 바다와 하나가 되었다. 그 틈으로 흰 구름이 흘러 다니며 풍경을 그린다. 섬은 구름 풍경을 머리에 이고 꽃 파도를 만든다. 노란 파도를 타다가 검은 돌 사이로 빠져나온 바람 한줌, 손바닥에 얹어 궁굴리는데 눈으로 들어온 투명함이 핏줄을 따라 마음으로 스민다. 틈을 내어 온 제주 여행에서 틈의 함의를 읽는다.

2장

꿈꾸는 토란잎

꿈꾸는 토란잎

　　토란대 한 다발을 샀다. 껍질을 벗기려니 고향집 마당 멍석
위에서 꼬들꼬들 말라가던 토란 줄기가 떠올랐다. 겨우내 안
전한 갈무리를 위해 마지막으로 품고 있던 한 방울의 물기마
저 짜내어 던지며 바싹바싹 몸을 굳히던 모습은 팍팍한 산골
의 삶이 새겨진 추억의 한 자락이다. 추억 사이로 기억의 고
삐 하나가 삐죽이 고개를 내밀었다. 자잘한 햇살 조각은 툇마
루에 머물러 있고, 마당가에서 살랑이던 소소한 바람은 시간
을 껑충 뛰어 넘어 친구를 싣고 달려왔다. 토란잎 양산을 쓰
고 나온 친구는 세월의 물살을 휘저어 가년스런 시절의 고향

을 펼쳐놓았다.

그 여름 아침 토란잎에 올라앉은 이슬방울이 얼마나 영롱했던가. 잎의 한 쪽을 살짝 들어 올리면 금방 또르르 은방울되어 굴러 떨어지고 언제 물기를 머금었느냐는 듯이 뽀송하고 매끈하고 환한 얼굴로 남는 것이 토란잎이다. 친구의 모습이 꼭 그랬다. 흙탕물에서 피는데, 흙 알갱이 하나 묻히지 않고 피어나는 연꽃처럼 영혼이 맑았던 친구는 혼탁한 삶 속에서 휩쓸리지 않고 힘든 환경에서 주저앉지 않았다. 토란잎보다 더 맑은 모습으로 서서 세상을 끌어안고 받아들이며 살았다.

엄마의 숱한 지청구 속에서도 늘 말짱한 얼굴을 했던 친구였다. 부모님의 잦은 불화로 집안은 늘 시끄러웠고 맏딸인 친구에게 퍼부어대는 어머니의 독설을 뒤집어쓰고도 엄마를 대신하여 밥을 짓고, 설거지를 하고, 빨래를 했다. 두 남동생을 보살피고 치다꺼리를 하면서도 도무지 풀죽지 않고 물방울을 튕겨내는 토란잎으로 견디는 모습은 신기에 가까운 일이었다.

　함께 학교 가려고 친구 집 문 앞에 섰을 때이다. 대문 틈으로 새어나온 엄마의 쇳소리는 어린 나이에 감당하기 버거운 거친 욕바가지였다. 학교 가는 아이에게 내리 꽂히는 날카로운 칼날은 금방 먹구름이 되어 하루를 덮쳐버리기에 충분했다. 친구는 부서지지 않으려는 나비의 날갯짓마냥 이마에 두 줄기 핏줄을 만들었다. 그리고는 금방 아랑곳하지 않겠다고 작심이나 한 듯 밝은 빛을 만들어 검은 구름을 흩어버렸다. 친구는 토란잎이 되었다. 방금 전에 덮어쓴 욕지거리를 이슬방울인양 툭 털어버리고 환한 얼굴로 다가와서 인사를 건네는 토란잎에는 묘한 기운이 서리며 내 마음을 확 끌었다.

그 밝음의 근원은 무엇이었을까? 그것은 그늘이고, 어둠이고, 절망이고, 안간힘이었다. 밝음은 어둠을 뚫어 긍정을 만들었다. 여린 몸 어디에서 그 환한 밝음을 뿜어내는지 토란잎의 역설이 차라리 애처로울 뿐이었다. 친구의 마력에 빠져 함께하는 등굣길은 민들레 홀씨인 듯 가벼웠고 이미 우리는 조금 전 우리가 아니었다. 널따란 잎을 펴서 허공을 떠 바치며 하늘을 품은 토란잎마냥 친구는 넓디넓은 마음을 품었다. 숨어버리거나 피해버리고 싶은 억눌린 현실을, 사랑을 풀어내어 어루만지는 방식으로 치유했다. 골목길을 가다가 콧물 흘리는 아이를 보면 손수건으로 닦아주고, 넘어져 우는 아이를 일으켜 세워 달래주는 모습은 알프스 소녀 하이디를 보는 것처럼 신선했다. 절망으로 가라앉은 삶을 일으켜 세우고 어두운 환경을 사랑으로 메우며 살았기에 그의 주변에는 밝은 기운이 돌았다.

철이 들면서 우리들의 이야기는 길어졌다. 마당가에 놓인 넓적한 돌을 의자삼아 해거름이 설핏할 때까지 주고받은 대화 속에는 수많은 꿈과 약속과 애환이 녹아들었다. 친구는 자신의 환경에 대한 불만보다는 종교적으로 바르게 살지 못할까 하는 문제를 더 걱정하고 있었다. 참 종교인이 되기 위해 뜻을 세운 듯 했다. 우리는 우리에게 힘이 생긴 이 다음에 이루어야 할 꿈 한 조각씩 나누어 가지고 헤어졌다.

청춘은 낭떠러지를 내지르는 사슴처럼 아슬아슬하고 불안정했다. 시대는 우리에게 녹록하지 않았고 가정의 뒷받침을 받지도 못한 우리는 각자의 길을 찾아 떠났다. 그가 서울에 가서 터를 잡은 동네는 배나무가 많은 공능동 언덕배기였다. 배밭골로 이름붙인 그곳에 배꽃이 눈송이로 피어날 때면 친구로부터 배꽃편지를 받았다. 나는 상주 청리 중학교에 발령을 받아 교사 생활을 하고 있을 때였다. 감골이라 이름붙인 청리에서 감꽃이 마당에 내려앉을 때 친구에게 감꽃편지를 띄웠다. 배밭골과 감골의 우정은 삶의 고뇌가 켜켜이 새겨진 글이 되기도 하고, 일상의 감정을 오롯이 담아 가슴을 뛰게 하기도 했다. 꿈을 다지며 이 다음을 향해 열심히 달렸다.

그러던 친구가 홀연히 떠나버렸다. 가지 끝에 위태롭게 달렸던 홍시가 떨어져 내리던 날 받은 소식이다. 연탄가스 중독사라고 하지만 연유도 정확히 모른 채였다. 20대의 펄펄 끓던 청춘이 그렇게 떠날 수도 있었다. 물방울을 튀겨내던 빛나던 토란잎도 끝없이 몰려오는 오물에는 견딜 수 없었나보다. 어두운 시절 석연치 못한 죽음의 이유를 찾아내지 못한 채 덮여버린 사후처리가 늘 무거움으로 눌러왔다.

주체할 수 없는 마음으로 헤매던 날 고향을 찾았다. 꿈을 나누던 자리도 눈부시게 환하던 토란잎도 거기에 있지 않았다. 친구는 가고 주머니 속에 넣어둔 꿈만 남았다. 남은 삶은 남루했고 가슴에 돌덩이가 얹혔다. 세월이 흘러도 수시로 찾아오는 울컥거림은 가슴 깊숙이 회색 물감을 풀곤 했다.

토란 줄기를 넣은 건조기가 기계음 소리를 내며 수분을 증발시켰다. 이 편리하고 좋은 세상에 친구와 함께라면 얼마나 좋을까. 못다 한 우정을 한번 피워보고 싶은 아쉬움은 딱지처럼 떨어졌다가 다시 생겨나곤 했다. 마음이 흔들리고 일렁거릴 때면 토란잎으로 물방울 하나까지 떨어내며 담담하게 살았던 그가 삶의 방향키 역할을 했다. 그러고 보면 친구는 떠난 것이 아니라 마음 바닥에서 푯대가 되고 있었다.

나비의 날갯짓에 담긴 꿈이 시리다.

목련을 배운다

4월이 열리기도 전에 허공에 하얀 불이 지펴졌다. 꽃송이를 참 많이도 달고 섰다. 언제부터 그곳에 서 있었는지 환하게 타오르며 시선을 붙잡는다. 무심한 사람들도 순백의 꽃송이 앞에서는 도리가 없는지 발걸음을 멈추고 탄성을 자아낸다. 수많은 꽃송이를 일제히 끌어낸 봄의 위대함인지, 어느새 봄소식을 눈치 채고 일제히 불꽃을 피워 올리는 목련의 위대함인지 분간되지 않는 마음이 벅차오른다.

시들하게 지쳐가던 일상에 모처럼 활력을 불어넣는 꽃나

무 아래서 한참을 서성거렸다. 늦깎이로 시작한 글쓰기가 만만치 않아 마음고생 중이었다. 순탄한 등단에 비해 가는 길이 쉽지 않음을 뒤늦게 알았다. 입구에서 보였던 숲이 안으로 들어갈수록 오리무중이다. 다른 사람들의 맛깔난 글을 읽을 때면 어떻게 이런 좋은 글을 쓸 수 있는지 궁금했다. 내 안에도 무엇인가 있을 듯해서 시작한 길인데 걷다보니 '아니었나?' 하는 혼잣말이 잦아진다. 공감을 얻는 글쓰기로 연결하지 못하는 안타까움이 쌓이면서 답답함이 가슴을 짓누르던 중이다.

의미전달에만 치중하던 화법에서 문학적으로 은근하게 구사해 내려니 그것이 어렵다. 직설적인 나의 어투가 문학에서는 방해가 되고 있음이다. 내 글의 문제점은 알지만 의미화, 형상화를 이루어 심미적 상상에 실어 표현하는 길은 멀기만 하다. 뭔가 이루고 싶다는 조바심이 손톱 밑 가시처럼 쑤셔오고 써지지 않는 글을 붙들고 시름하다 만난 목련이라 반가움이 더 컸다.

식물학자에게 목련에 대한 이야기를 들은 적이 있다. 우아한 목련꽃이 그냥 피는 것이 아니었다. 8월부터 꽃눈을 준비하고 준비된 꽃눈은 겨울을 나기 위해 철저한 준비를 한다. 붓 모양의 껍질 안에 꽃잎을 켜켜이 포개어 돌돌 말아 보관한다. 껍질 안에는 비닐 옷을 입히고 겉에는 갈색의 긴 털이 촘촘히 덮인 털옷을 입혀 겨울의 추위를 견뎌내도록 철저하게 설계되어 있다. 목련은 그렇게 야무지게 준비를 마치고 묵묵히 봄을 기다리고 있었던 것이다. 그럼 그렇지. 그토록 아름다운 꽃이 그냥 필 리는 없지.

목련은 1억 4천만 년 전 넓은잎나무들이 지구상에 첫 모습을 보이기 시작할 때 나타나서 지금까지 생존하고 있다. 살아 있는 화석이라 불릴 만큼 원시적 식물이다. 이것을 식물학자는 많은 수술과 따로 떨어진 여러 개의 암술의 꽃 구조 때문이라고 설명했다. 아무리 잘 짜진 구조라 해도 그들의 진정성과 준비성이 없었다면 스스로를 지킬 수 없었을 것이다. 단 며칠간 꽃을 피우기 위해 많은 시간 준비를 하는 치열함이라면 긴 세월 인간에게 사랑받을 가치가 충분하다. 뜻을 이루기 위해 단단히 준비하고 묵묵히 기다리는 모습이야말로 가장 감동적인 방법이 아닐까.

목련도 그러한데 재주 없는 내가 치열한 준비 없이 좋은 결과를 기대하는 것은 횡재를 노리는 투전꾼의 심보이다. 사람은 준비성이 있어야한다는 것은 어릴 때 자주 듣던 말이다. "준비해서 주머니에 넣어두면 안심이다. 필요할 때 척 꺼내 쓰면 얼마나 쉬운가. 누가 달라할 때 준비하면 이미 늦다. 준비되어 있어야 마음이 졸리지 않는다." 엄마의 말씀을 그 때는 귓등으로 흘려들었다. 준비만 하면 뭣해. 아무리 준비를 해도 필요하지 않을 수 있고, 끝까지 찾는 사람이 없을 수도 있다는 생각이 들었다. 준비만으로는 이룰 수 없는 능력 밖의 일들이 많다는 말로 반박을 하기도 했다.

실제로 엄마는 소소한 준비를 늘 해 두시는 분이었다. 외출한 식구들의 허기진 기다림의 시간을 줄이려고 늘 밥을 준비해 두었다. 부엌 가마솥 안에는 더운 물에 반쯤 잠긴 밥주발이 들어있었고 뚝배기에는 언제든 데우면 먹을 수 있게 끓여 놓은 된장이 담겨 있었다. 생활용품은 떨어지기 전에 준비를 하셨고 언제 출타 할지 모르는 아버지를 위하여 횃대에는 두루마기가 정갈하게 걸려 있었다. 엄마의 준비성은 가족들의 불편을 줄이는 생활의 지혜였는데 이제야 그 의미를 깨닫게 되니 늦어도 한참을 늦었다.

목련꽃의 아름다움이 절정에 이르렀나 했는데 한 자락 바람을 타고 떠나려고 한다. 너무 짧은 만남이 한바탕 꿈인 양 아련하다. 1년을 기다려야 다시 만날 수 있을 텐데 무엇이 급해서 떠나려 하나. 이제 곧 푸르게 돋아나올 나뭇잎을 만난 후 천천히 떠나도 좋으련만 서두름의 연유는 무엇일까. 모든 자리를 내어주고 남은 한 잎마저 떨어뜨리는 목련을 지켜보는 마음이 안타깝다.

짧은 만남이었다. 목련은 그 짧은 행복을 위해 긴 기간 준비한 것이 아쉽지 않을까. 억울함과 허망하다는 마음은 없었을까? 준비하는 기간 내내 가졌을 목련의 마음을 생각해 보았다. 그렇다. 그는 꽃이 피어있는 동안만 행복했던 것이 아니라 준비하는 과정도 즐겁고 행복했을 것으로 짐작된다. 새봄을 기다리는 희망찬 설렘으로 꽃잎을 만들고 암술과 수술을 준비해서 각각의 자리에 앉힐 때도 그는 뿌듯했을 것이다. 한겨울 추위를 견디느라 껍질 안에서 서로를 다독이고 위로하고 꽃 피우는 그 날을 기다리는 과정 속에서도 행복을 느꼈을 것이다.

목련이 진 나무 아래서 나는 그 묵묵한 준비성과 과정의 행복을 배운다. 꾸준히 준비하고 열심히 쓰자. 어떤 결과를 기다리며 마음 조릴 일은 아니다. 글 쓰는 과정에서 즐거움을 느끼고 글쓰기 자체를 사랑해야 한다. 타인과 견줄 일이 아니다. 자신의 내면을 글쓰기로 승화시키는 작업에 몰두해보자. 결국 깊어진 생각만큼 성숙한 만큼이 자신의 글이 된다. 스스로의 한계에 도전하면서 뚜벅뚜벅 걷다보면 나만의 색깔이 나고 나만의 언어를 만들 수 있겠지. 목련처럼 우아하지는 못해도 나름의 색깔과 향을 가진 꽃으로 피어날 때가 있을 것으로 믿는다.

울창한 참나무 숲도 도토리 한 알에서 시작되었다는 말에 용기를 얻는다. 설령 내 노력이 꽃으로 피어나지 못한다 해도 글 쓰는 과정에서 보람과 행복을 느꼈다면 그것으로 족하다. 벌레는 나비가 되기 위해서만 사는 것이 아니고 벌레 그 나름 으로 의미가 있다고 한다. 수많은 꽃송이를 거느리고 일시에 부활하여 봄을 알리는 목련을 배운다. 그 너머에 숨은 그의 준비성과 기다림을 사랑한다.

감자꽃

하얀 감자꽃이 눈길을 끈다. 어린 시절 우리 밭에서 보았던 자주 빛 감자꽃은 보이지 않고 요즘은 온통 흰 꽃 일색이다. 넓은 감자 밭이 하얀 꽃으로 덮였으니 어찌 마음을 빼앗기지 않으랴. 마음에 잔잔한 바람이 일어난다. '하얀 꽃 핀 건 하얀 감자, 파보나 마나 하얀 감자, 자주 꽃 핀 건 자주 감자 파보나 마나 자주 감자.' 동요를 입속으로 흥얼거려 본다. 어린 시절 우리 밭에서는 자주 꽃을 보았으니 보나마나 자주 감자를 먹었겠지. 그 아릿한 맛이 혀끝에 전해온다.

초등학교 저학년 때 고향의 감자밭에는 감자꽃 진 자리에 열매가 달렸다. 방울토마토 같은 푸른 열매가 예뻤지만 어른들이 그것은 따 버리라고 했다. 푸른 열매가 땅에 떨어져 밟히는 모습을 보는 것이 불편했다. 그것을 따야 열매가 굵어진다니 어쩔 수 없는 일이다. 요즘은 열매가 맺히기도 전에 꽃을 따버린다고 한다. 감자밭 고랑을 따라가며 꽃을 뚝뚝 따 버리는 모습은 아름다움을 자르는 것 같아 마음 한 자락이 밟히는 기분이었다. 꽃이 떨어지기 전에 실컷 봐야겠다는 생각을 하면서 밭을 훑어본다. 감자꽃의 꽃말은 '당신을 따르겠습니다' 이다.

감자가 1570년경 잉카제국에서 스페인으로 건너갔을 때는 '성서에 없는 작물'이라는 이유로 금기시했다. 땅속에서 자라고, 거무튀튀한 색에 울퉁불퉁한 모양 때문에 '악마의 열매'라는 별명으로 통했다. 미개한 노예들이나 먹는 작물로 천대시하고 감자를 먹으면 나병에 걸린다는 소문까지 돌았다 하니 딴 세상 이야기다. 아마 조리법을 몰라서 생으로 먹거나 껍질째 먹은 사람들이 위장장애를 일으킨 사례가 많아 부정적인 인식을 키웠을 것이다.

그때도 감자꽃은 환영받았다. 프리드리히 대왕은 왕비인 마리 앙투아네트로 하여금 감자꽃 장식의 이벤트를 통해 감자에 대한 관심을 높여갔다. 파티를 열어 다양한 감자요리를 소개하면서 거부감을 없애고 누구나 쉽게 접근할 수 있게 만든 것이다. 이렇게 노력한 결과 몇 년 후 프랑스에 닥친 대기근을 감자로 해결할 수 있었고, 그 공로로 그는 '감자의 아버지'로 추앙받았다.

빈센트 반 고흐의 그림 '감자 먹는 사람들'은 가난한 사람들을 소재로 그린 그림이다. 희미한 등불 아래 다섯 명의 식구가 낡은 탁자에 둘러앉아 감자를 먹고 있는 모습이다. 회색조의 실내 식탁에는 찐 감자와 차 한 잔씩이 전부다. 감자가 가난한 이들의 주식이었기에 시대의 어려움을 진솔하게 보여주고자 했던 화가의 작품소재가 될 수 있었다. 감자는 수많은 오해를 극복하고 굶주린 인류의 구황식품으로 기근에 허덕이는 인류를 구원하였다.

어린 시절 감자와 보리밥이 싫었다. 쌀이 귀한 봄과 여름에는 감자를 섞은 보리밥을 먹어야 했는데 입이 짧았던 나는 그것을 넘기는 것이 고역이었다. 보리밥은 흙으로, 감자는 바위

덩이로 보였다. 목구멍으로 넘어가지 않는 흙과 바위덩이 앞에서 한숨을 쉬고 있을 때 아버지의 상물림 소리가 났다. 아버지 밥그릇 귀퉁이에 남은 쌀밥 한 덩이가 내 봄철 양식이 되었다. 다행히 아버지는 식사를 워낙 빨리 하셨기에 길게 기다리지는 않았지만 영양상의 문제가 생겼다. 잘 먹지 못하여 볼에는 마른버짐이 꽃처럼 피어났다. 까만 피부에 버짐까지 피었으니 깡마르고 형편없는 몰골로 봄철을 지냈다.

세상에 변하지 않는 것이 없다고 하지만 내 식성은 변해도 너무 변했다. 그렇게 먹기 싫어하던 보리밥을 이제는 돈 내고 사먹으러 다니기도 한다. 얼마 전 친구들과 함께 보리밥집에 갔을 때 밥알 하나 남기지 않고 깨끗이 먹어치웠다. 또 그렇게 싫어하던 감자를 상자 째 사서 먹는 것은 도대체 무슨 조화인지 알 수 없다. 지인이 '맛있더라 한번 삶아 먹어보라'고 내민 검은 봉지 안에는 큼직하고 잘생긴 감자가 들어 있었다. 껍질을 벗기고 소금과 당원을 넣어 삶은 감자를 점심으로 먹었는데 그 맛이 기막히고 목을 타고 술술 잘도 넘어갔다. 목구멍에서 거부감을 행사하던 그때의 감자 맛이 아니었다. 종자개량이 되어 품질이 우수해진 건지 내 입맛이 변한 건지 분간이 되지 않지만 요즘 나는 감자 맛을 즐기는 중이다.

꽃을 보면서 땅 속에 묻힌 감자 색깔을 가늠하는 것은 재미있는 상상이다. 하얀 감자꽃을 보면서 어린 날 춘궁기를 떠올리고 있으려니 배고픔조차 아련한 추억으로 바뀌었다. 흙과 바위덩이로 이름 지어 거부했던 감자 섞은 보리밥이 이제는 향수를 담은 한 토막 이야기로 남았다.

풀포기와 아이들

살아온 날을 돌아보다 웅크린 감정 하나와 눈 맞춤이 일었다. 아쉬움은 되돌릴 수 없다는 안타까움에서 생겨나는가. 그때는 최선이라 생각했던 것들조차 지난 후에는 미진함으로 남는다. 초등학교 고학년이 되었을 때 그 전 해에 쓴 노트를 보면서 느끼는 부끄러움과 흡사하다. 켜켜이 접혀진 지난 일을 되새김할 때면 좀 더 적극적으로 살아야 했다는 후회가 일렁거린다.

소도시에서 중학교 교사로 재직할 때였다. 교실에는 함박

꽃 같은 아이들로 가득했고 나는 꽃향기에 취해 해롱거리며 지냈다. 어느 날 아이들이 문제를 풀고 있는 사이 창가에서 무심코 밖을 내다보고 있을 때다. 발코니 끝 시멘트 블록 틈새에 풀포기가 자라고 있는 것을 발견했다. '어쩜 저런 곳에서 풀이 자랄 수 있을까?' 흙이 거의 없고 사람들이 발을 디딜 수 없는 위험스러운 곳에 풀포기가 자란다는 것이 여간 신경 쓰이는 게 아니었다. 연약한 몸을 바람결에 날리는 모습이 간들간들 예쁘기도 해서 틈만 나면 그를 지켜보다. '생명이란 참 강인한 것이야.' 나의 찬사를 들으며 그는 무럭무럭 자라나는 듯 했다. 가녀린 몸을 흔드는 모습이 빛 따라 원무를 그리며 불 속으로 뛰어드는 나방처럼 아슬아슬 했다.

햇살이 강한 열기를 더하는 날 염려스런 풍경이 눈앞에 펼쳐졌다. 시들해진 풀포기의 고개가 아래로 꺾였고 잎사귀에 누런 기운이 돌았다. 심상치 않는 조짐이다. '그러기에 흙이 많은 들판에 자리를 잡아야지' 하는 나무람이 저절로 입 밖으로 나왔다. '아니 시멘트 블록위에 둥지를 튼 것은 너의 선택이 아닐 테지' 라는 변명의 말도 따라 나왔다. 손이 닿지 않는 곳이니 물을 뿌려 줄 수도, 흙을 덮어주지도 못하면서 바라만 보고 있으려니 안타까움이 커져갔다.

그 안타까움의 틈바구니로 집을 나간 한 아이 생각이 났다. 그도 지금쯤 목말라 시들어 가고 있겠구나. 강한 햇살과, 세찬 바람에, 기댈 언덕이 없지 않나. 우산도 없이 세상으로 나갔으니 비바람을 고스란히 맞고 있겠지. 생각이 이어질수록 날선 비늘처럼 염려가 소름으로 돋아 올랐다. 아이는 어려운 형편과 가정폭력 문제로 가족 간에 갈등을 겪다가 교실을 떠났다. 몇 차례 상담을 하고 애를 썼지만 근본적인 대책을 찾지 못했고 아이는 힘든 상황을 견디지 못했다.

빤히 보이는 거리에 있는 풀포기를 보는 안타까움은 교실의 아이들에게도 자주 느끼는 마음이다. 시멘트 블록 위 풀포기 같은 아이들은 늘 있어왔고 그들을 지키려고 애를 쓰다가 끝내 지키지 못하고 발만 동동 구르지 않았던가. 아이들이 갈만한 곳을 찾아 나서기도 하지만 끝내 빈 걸음으로 돌아서는 경우가 더 많았다. 수업 준비로, 잡무로, 교실에 남은 아이들을 돌봐야 하는 의무감으로 쫓기다 보면 품을 떠난 아이들은 교사들의 가슴에 가시로 남기 일쑤다.

그들이 집을 나가기 전 분명 어떤 몸짓을 보였을 것이다. 아이들 내면에 도사린 아픔의 옹이를 살피지 못한 무능한 통찰력이, 잘 돌보지 못했다는 책임감이, 부족했던 사랑이 자괴감으로 쌓였다. 설령 그 조짐을 알았다 해도 어쩔 수 없는 경우 또한 허다하므로 무력함이 열패감과 뒤섞였다. 가슴에 담긴 가시가 수시로 찔러대지만 그 또한 바쁘다는 핑계로 일과의 챗바퀴 속에 묻혀버리고 만다.

교실에 앉은 아이들 모습이 눈부셨다. 그 해맑음 속에는 감춰진 상처가 있으리라. 웃고 있다고 문제가 없는 것은 아니다. 어느 아이의 마음에 생채기가 덧나고 있었겠지만 눈부신 꽃송이에 취하다 보면 그늘진 꽃은 지나치기 십상이다. 더 좋은 것을 준비하려고, 더 많은 것을 주겠다는 핑계로 종종거리는 사이 울타리 틈새를 빠져나가는 아이를 놓쳐버린다. 그것이 한계였다.

그것이 정말 한계였을까. 변명은 아니었을까를 되새김한다. 지금은 보이는 데 그때는 보이지 않았다. 발코니 끝에 자리 잡은 풀포기는 자신이 그곳을 택한 것이 아니라 어떤 힘에 밀려 그곳에 왔을 것이다. 그에게는 세찬 바람과 강한 햇살을 막아낼 힘이 없었다. 안타깝게 바라보고 동동거리며 애를 태우는 것이 그에게 무슨 도움이 되었겠는가? 도움의 팔을 길게 뻗어 그를 잡아야 했던 것이다. 호수를 마련해 물을 뿌려 주든가, 사다리를 놓아서 구조를 해야 했다. 그것이 그의 인생을 구하는 길이고 교사의 길에 보람을 입히는 방법이었음을 그때는 알지 못했다.

젊은 날 나는 열성적이고 착실한 교사였다. 딱 그것뿐 그 이상이 못되었다. 아이의 가정문제는 교사가 어찌지 못하는 영역으로 알았다. 좋지 못한 환경은 참고 견디면서 스스로 이겨나가야 할 문제라고 생각했다. 교사는 아이에게 지식을 심어주고, 의지를 키워주고, 위험한 길을 알려주는 역할로 한정했다. 힘든 아이를 토닥이고 위로하면서도 실제적인 도움을 주지 못했다. 여건을 바꾸어 주고 적극적으로 구출하는 행동으로 연결시키지 못한 아쉬움이 내면에 웅크리고 있다.

풋풋한 나의 텃밭도 애초에는 돌밭이었다. 돌멩이를 걷어내고 새 흙과 부엽토와 거름을 부어 주었더니 오늘의 결실을 이룬 것이다. 자신이 어찌지 못하는 경우라면 외부의 도움이 있어야 한다. 환경을 바꾸어주고 부족한 부분은 채워주고 힘을 보태어주면 쑥쑥 자랄 수 있음은 사람이나 식물이나 같은 이치이다.

그 여린 풀포기가 무엇을 할 수 있으랴. 풀포기 같은 아이도 스스로 어찌할 수 있는 문제가 아니었다. 지금 알고 있는 것을 그때도 알았으면 좋은 선생이 되었을 텐데 아쉬움이 크다. 커져가는 아쉬움을 달래보려고 그때로 돌아가서 교실에 다시 섰다. 창문을 활짝 열어젖혔다. 계절은 여름을 향해 치닫고 아이들은 성장을 위해 발돋움 하고 있었다. 종이 울리고 아이들 함성이 힘차게 날아올랐다.

언덕 위의 하얀 꿈

　나이가 들면 지나간 날들은 아름다움으로 기억된다. 죽을 것처럼 절망하고 아팠던 일들이 세월과 함께 곰삭으니 아련한 그리움이 되었다. 그때 언덕 위의 하얀 집은 낭만으로 지은 우리의 천국이었다. 아무도 그곳에 몰락이 잉태되고 있음을 눈치 채지 못했다. 그림 같은 집에는 젊은 부부가 살았다. 그들은 나무를 심고 꽃을 가꾸면서 그곳을 자신들의 성으로 만들 옹골진 꿈을 꿨다. 훗날 푸른 숲으로 둘러싸인 자신들의 보금자리를 위해 노력하며 살자고 제법 진지하게 다짐을 했다.

두 딸이 있어서 행복했고 그들을 키워주는 친정엄마와 고모가 함께 있어 더욱 푸근했다. 낮 동안 엄마와 고모는 아이 하나씩을 맡아서 돌보았다. 엄마와 고모는 시누이올케 사이지만 마음이 잘 맞아 친구처럼 지냈다. 소주 한 병을 사드리면 양계장에서 나오는 닭다리를 떼어 붙임 옷 입혀 튀겨서 안주로 삼았다. 아이들은 닭다리 하나씩을 물고 놀다가 심심해지면 토끼들 뒤를 쫓기도 했다.

퇴근해서 돌아오면 온 식구의 반김 속에서 단란함이 피어났다. 직장 일과 집안일이 힘들 법도 하련만 기운이 솟아났다. 가끔은 친정 조카들이 할머니(엄마) 뵈러 오거나, 고종 사촌들이 엄마(고모)께 인사드리러 오면 집안이 시끌벅적했다. 어묵 탕으로 잔치를 벌이고 닭고기 튀김을 포식하면서 웃고 즐기는 생활이 사람 사는 세상 같았다.

행복은 한 곳에 오래 머물지 않았다. 낭만의 성이 무너져 내리기 시작했다. 돌이켜 보니 철부지였다. 세상을 잘 몰랐고, 치밀하지 못했다. 그 직업은 곱게 자라 경험이 부족하고 이재에 밝지 못한 남편과 어울리는 일이 아니었다. 굴곡이 심한 양계 업은 병이 오거나 값이 급락하면 한 번에 갈 수 밖에 없는 위험한 사업이었다.

처음에는 아무것도 거칠 것 없는 장밋빛 사업으로 생각했다. 자신만만하게 천여 평의 땅을 구입하여 계사를 짓고 주택까지 곁들어 지었다. 언덕위에 길을 내고 전봇대를 세우고 우물까지 파는 모습은 새마을 사업처럼 보였다. 그는 건실한 젊은이라는 주위의 평판에 보답이라도 하려는 듯 열심히 일했다.

손익 계산도 없이 지출을 늘려가다 보니 다달이 부어야 하는 부금과 사채이자를 감당할 만큼 수익이 나지 않고 적자가 쌓여갔다. 게다가 닭 값 폭락, 사료 값 인상의 위기가 겹쳤다. 마침내 여기저기 축산 가족들이 도산하여 빈손으로 나앉은 소식이 전해 왔다. 그에게 사업을 그만 두기를 권했으나 그는 기어이 성공하겠다는 의지를 다지고 있었다. 변동이 심한 닭 시세는 언제 또 값이 오를지 모른다는 논리를 내세웠다. 하루라도 빨리 그만두는 것이 손해를 줄이는 것임을 그만 모르는 것 같아 안타까웠지만 그의 고집을 이길 수가 없었다.

무더위가 닥치고 전염병이 발생했다. 약값을 구하러 다니는 사이 죽어나가는 닭의 수가 늘어났다. 그만 둘 수밖에 없는 상황이 왔다. 굶어 죽는 닭, 울며 애통하는 우리에게 기적은 일어나지 않았다. 꿈꾸듯 낭만으로 살아온 6년의 세월에 대한 대가는 가혹했다. 언덕 위의 하얀 집, 우리의 천국은 은행으로 넘어가고 우리는 그 언덕보다 더 높게 쌓인 부채 위에 앉았다. 친정에 엄마와 고모를 모셔드린 날, 등을 쓰다듬어 주시는 두 분께 인사말도 건네지 못하고 돌아 나왔다. 앞날을 생각하니 천길 늪으로 곤두박질쳐 내려가는 날개 잃은 새의 몰골이었다.

젊은 날 겁 없이 시작한 사업의 대가는 혹독했다. 실패를 갚아가는 데는 몇 곱절의 시간이 걸렸다. 한 번 넘어진 후 다시 일어서는 데는 그만큼 많은 땀방울이 필요했던 것이다. 사람은 실패에도 배울 것이 있었다. 돈은 버는 즐거움만 있는 것이 아니라 빚을 갚아가는 기쁨도 있음을 알았다. 한 건씩 해결할 때마다 홀가분해지는 기분이 살아가는 이유가 되었다. 어떤 일이든지 그 과정에 정신을 쏟으면 기쁨이 되었다. 과정에 몰두하는 순간 그것이 돈이 모이는 결과가 아니어도 행복의 도파민은 배출되었다. 시작이 있으면 끝도 있다. 절망의 늪에서도 빠져나올 출구는 있다는 것을 알았다. 궁핍함 속에서도 감사의 생활이 있을 수 있고 살아만 있으면 해결되지 않는 고난은 없다는 것을 알게 되었다. 철없던 젊은이의 낭만적인 꿈을 세상은 용납하지 않았고, 세상이 그리 만만하지 않음을 깨달으면서 우리는 철이 들고 성장했다.

가끔 이루지 못할 상상의 나래를 펼쳐본다. 그 때 우리가 그 언덕을 지킬 수만 있었다면, 우리는 훨씬 다른 모습으로 살았을 것이다. 엄마, 고모와 끝까지 함께 할 수 있었다면 얼마나 좋았을까. 두 분들은 분명 존중받는 노년을 누릴 수 있었을 것이다. 그곳은 우리의 천국이 되었고 하얀 집에는 누구도 흉내 내지 못한 아름다운 삶이 담겼으리라.

며칠 전 아쉬움을 달래보려고 그 언덕을 찾았다. 언덕에는 커다란 공장들이 줄지어 있었다. 흔적 없이 사라진 꿈의 조각을 더듬으며 한참을 섰다가 허망한 마음으로 돌아 나왔다. 그렇다. 인생은 어차피 한바탕 꿈일 테니까. 하얀 꿈은 허공에 헤어지고 고통은 아련한 그리움이 되었다.

삼남매의 뿌리

새벽 공기를 가르며 달려온 도로에서 갈림길로 접어들었다. 산모롱이를 돌면 마을 입새고 들머리 깊드리 논이 우리 논이다. 아니 우리 논이었다. 우리 삼남매는 저마다의 추억에 젖어 논을 바라보는 눈빛이 그윽하다. 지금은 과수원이 되어 있지만 모심기를 하고 가을걷이를 하던 닷 마지기 알토란같은 논이다. 그 시절의 추수는 벼를 베어 눕혀 말렸다가 단으로 묶고, 집으로 옮겨와 탈곡기로 타작을 하고, 알곡을 멍석에 말려 곳간에 저장하는 순서로 이루어졌다.

여섯 살 가을이었다. 추수 때는 얼마나 바쁜지 조막만한 아이도 다 노동력이 된다. 서리 내리기 전에 추수를 마치려면 나도 한 몫을 해야 했다. 초등학교 고학년인 언니는 학교를 쉬면서까지 일을 도왔다. 들머리 깊드리 논에서 집으로 벼를 옮기는 일은 우리 집 소가 맡았다. 좁은 시골길에 수레를 메는 것은 언감생심, 소 등에 길마를 얹고 볏단을 실어 날랐으니 세월없이 더디었다. 소를 모는 일이 나에게 맡겨졌다. 한 손에 채찍을 들고 또 한 손에 고삐를 잡고 소 뒤를 따랐다. 소가 걸음을 멈추거나 딴 짓을 할 때면 "이랴 쩌쩌"를 외치며 집과 논을 오갔다. 짧은 다리로 소를 쫓아가는 길은 종종걸음이 되기도 하고, 소가 딴전을 부릴 때면 나도 따라서 타박걸음이 되었다. 소가 아예 길을 벗어날까 정신을 바짝 차리고 따라다녀야 했으니 딴은 힘이 들었다.

소가 물을 들이켤 때쯤이면 나도 목이 말랐다. 엄마께 젖 한통 먹고 싶다고 생떼를 쓰면서 엄마 품에 안겨 잘 나오지 않는 젖을 빨며 엄마 냄새를 들이켰다. 그대로 잠들고 싶은 고단함이 몰려왔지만 아버지의 채근하는 목소리는 여섯 살 아이를 다시 소 뒤에 서게 했다. 젖도 못 땐 어린애가 사람 몫을 한다며 동네 어른들의 칭찬을 들으면서 타박타박 걷던 길을 지금은 차를 타고 휙 지나고 있다. 뿔이 자라다가 안으로 굽어버린 늙고 순한 암소. 어린애를 주인으로 대접하여 말을 잘 들어주던 우리 소의 선량한 눈빛이 떠오른다. 그때 소는 우리 가족의 일원이었고 내가 소를 몰고 다닌 것이 아니라 소가 나와 함께 다닌 것이다. 때로는 소를 의지하는 마음이 컸으니까 말이다.

마당에 낟가리를 쌓았다. 낟알이 안으로 들어가고 벼줄기가 밖으로 나오게 둥글게 쌓아갔다. 점점 높아져 키 높이를 훌쩍 넘겼다. 지붕 높이의 낟가리가 마당에 떡하니 자리 잡으면 식구들의 마음도 넉넉했다. 낟가리 위로 닭들이 벼 이삭을 쪼아 먹으려고 올랐다. 닭 지키는 파수군 임무를 띤 나는 키가 작아 닭이 보이지 않자 마당가 대추나무 위로 올랐다. 눈 감고도 올라갈 수 있는 익숙한 나무에 원숭이도 실수를 한다. 나무껍질이 미끈거리면서 공중제비로 나가 떨어져 돌멩이에 이마를 찍었다. 이마에 흰 붕대를 감아주고 업어서 울음을 달래주었지만 책임을 다하겠다고 다시 낟가리 곁에 섰다.

타작하는 날. 탈곡기가 설치되고 마당은 장마당인양 소란스럽다. 두 사람이 호흡을 맞추어 발판을 밟으면서 벼이삭을 탈곡기 날에 갖다 대면, 와랑 와랑 소리를 질러대는 탈곡기는 돌면서 벼 이삭을 훑어냈다. 낟가리에서 볏단을 옮겨 탈곡기 곁에 두는 일, 탈곡기에서 나온 빈 짚단을 나르는 일, 그 빈 짚단을 다시 쌓는 일 등이 일사불란하게 돌아갔다. 누구하나 삐끗하기만 해도 판이 깨어져 버릴 듯 팽팽한 분위기에서 비명소리와 함께 탈곡기 소리도 멈추었다.

언니가 발을 붙잡고 신음을 토했다. 순식간에 발이 부어오르고 발목에 누런 약물을 바르고 드러누웠다. 언니가 다쳤는데도 작업이 중단되지 않고 탈곡마당은 더욱 정신없이 돌아갔다. 목덜미에 땀이 흘러내리고 그 사이로 벼이삭이 스친 자리가 발갛게 부어올랐지만 누구 하나 아랑곳하는 이는 없었다. 서쪽으로 기운 해가 참으로 고마워질 때가 되어서야 기계는 멈추어 서고 마당엔 알곡이 수북하게 쌓였다. 아버지 얼굴에는 곡수를 세느라 신명이 묻어났다.

여섯 살 추억을 떠올리는 사이 차는 선산 기슭에 다다랐다. 이곳은 고향을 떠날 때 조상님을 위해 남겨둔 산밭이다. 조부님만 계시던 이곳에 지난 해 증조부모님과 조모님, 아버지 엄마를 모셔와 일가족을 모시는 숙원사업을 이루어 냈다. 삼남매는 각자가 준비해온 제수를 차려놓고 조상님을 뵌 후 잔디를 손보고 풀을 뽑으며 산소를 돌아봤다. 선조의 피가 우리 속에 흐르니 우리의 피도 후손에게 이어질 것이다. 당대에만 사는 것이 아니라 대를 이어 산다고 생각하니 삶이 무게가 더 묵직하게 느껴졌다.

　우리 삼남매에게 뿌리를 주신 조상님께 감사를 드리고, 고단하게 사신 엄마께 안식이 깃들기를 소망하는 묵념을 올린 후 우리는 옛 이야기를 나누었다. 건너 내려다보이는 마을이 참하고 정겹다. 우리는 이 마을을 떠나 도시로 흘러들었고 각 곳에 자리를 잡고 자신들의 밭을 일구었다. 나름 열심히 씨를 뿌리고 가꾸었다. 곧 거둬들여야 할 나이에 이르니 형제애가 그리워지는지 한곳에 모였다. 언제든 쉽게 만날 수 있고 산소를 찾을 때는 함께 출발할 수 있는 거리에 산다. 더워지기 전에 산소를 가꾸고, 맛집 가서 밥 먹고 놀기도 하는 여행 아닌 여행을 즐기는 중이다.

　들판에는 벼들이 전신에 뙤약볕을 받아내며 바람에 흔들린다. 거센 태풍도 다 받아내고 추수 때를 기다리며 묵묵히 소임을 다하고 있는 의연한 모습이다. 언니가 말했다. "오빠는 아들이라 읍내로 보내 공부시키고, 너는 막내라 그렇고, 나는 엄마를 돕는다고 억척으로 일했다.”고 또 그 썰을 풀고 있다. 오빠도 마을 처녀와의 첫사랑을 회상하는 듯 얼굴 가득 미소가 번졌다. 우리는 이제 추수기에 이르렀다. 빈손으로 가는 인생이라 하지만 무엇인가 결실을 맺어야 하지 않을까. 우리 삼남매의 인생 곳간은 어린 날 아버지의 추수 곳간만큼 그득할 수 있을는지 모르겠다. 탈곡마당에서 뵌 아버지의 만족스런 모습이 우리의 모습이 되었으면 좋겠다. 언니는 무엇을 추수하려는 것이며 오빠의 추수감은 무엇일까. 내게도 추수할 만한 것이 있기는 할까.

나는 늦깎이로 글밭에 귀농을 해서 아직 영글지 못한 포기를 붙잡고 시름 중이다. 좋은 글을 쓰는 일이 나의 추수거리가 되기를 원한다. 나의 글 창고가 고향집 나락곳간처럼 그득할 때까지 부지런히 글밭을 가꾸고 알곡을 추수하리라 다짐을 한다. 내 안에 잠들었던 옛 장면들을 선명하게 떠올리는 이 글쓰기가 내게는 아주 즐거운 추수의 한 풍경이다.

작은 행복

키위 상자 앞에서 입 꼬리가 올라간다. 오로지 나만을 위해 배달된 과일 상자이다. 언제 자신만을 위해 마음껏 과일 상자를 사들인 적이 있었던가. 아이들 어렸을 때는 살림살이에 쪼들려 비싼 것이면 사는 것을 주저했다. 좌판에 낱개씩 올려두고 파는 바나나조차 큰맘 먹어야 겨우 사서 아이 손에 들려줄 수 있었다.

빠듯한 살림에 아이들 뒷바라지도 마음껏 하지 못했다. 작은 딸이 초등학교 다닐 적 그룹과외 하는 친구들 팀에 들어가

고 싶다고 졸랐을 때도 공부는 혼자 해야 실력이 는다는 말로
달래면서 그룹과외에 끼워주지 못했다. 그래도 기본적인 것
은 해주었건만 가끔 섭섭한 소리를 들을 때가 있다.

며칠 전 서울 작은 딸 집에서 있었던 일이다. 작은 딸이 제
아이를 훈계할 때 자주 쓰는 그 소리가 들려왔다.
"엄마는 일일학습지가 하고 싶어 길에 떨어진 문제지를 주
워서도 했다." 그러고는 "미술학원에 다니고 싶었는데 할머니
가 보내주지 않아 갈 수가 없었다."고 했다. 뒷받침을 다 해
주는데도 왜 공부에 게으르냐고 제 딸을 채근하는 말이다. 나
들으라고 하는 말이 아닌 줄은 알지만 심사를 건드렸다.

"할머니는 우리 엄마 학원 보내지 않는 나쁜 엄마였어?"
아이가 불쑥 물어왔다.
"아니야, 나쁜 엄마는 아니고 좀 못난 엄마였지."
대답하기가 쉽지 않았다. 형편껏 뒷받침을 했고 딴에는 최
선을 다했으니 두고두고 그런 소리를 들어야 할 정도는 아니
다. 물론 제 아이 자극 시키려 하는 말이라는 걸 이해는 하지
만 기분이 유쾌하지 않았다.

세상에 공부가 다가 아닐 텐데 궁색하게도 모처럼 만난 할머니까지 등장시키면서 공부를 시키려는 딸의 생각에 수긍이 가지 않았다. 삶은 행복을 찾아가는 여정인데 아이가 그렇게 싫어하는 공부를 시켜서 경쟁의 대열에 끼워 넣으면 아이가 행복할 수 있을까. 지금은 어리니까 억지로 공부를 시켜 서울 아이들의 치열한 공부대열에 합류시킨다고 해도 끝까지 따라갈 수 있을지도 의문이다. 자신이 좋아하는 일을 해도 앞서갈 수 있을지 장담할 수 없는 세상에 하기 싫은 것을 시키면서 잘하기를 바라는 것은 아무래도 무리라는 생각이 들어 안달하는 딸이 딱했다.

"할머니는 왜 못난 엄마였어?"
손녀가 다시 물었다.
"그 때는 다 그랬지."
대답을 얼버무리면서 생각이 많아졌다.
우리 3대는 함께 있으면서 다른 세상을 살고 있구나. 어려운 시기를 살아온 나는 딸이 제 아이에게 쏟는 지나친 관심이 못마땅하다. 먹고 살만한 때에 자란 딸은 제 딸을 더 풍요로운 세계로 이끌겠다고 안달을 한다. 과도한 사랑과 물질의 풍요 속에 자라는 손녀는 포만감으로 인해 스스로 무엇이 필요한지를 알지 못한다. 예쁘고 똑똑한 아이니까 분명 잘하는 것이 있을 테다. 그것을 찾을 때까지 너무 다그치지 않았으면 좋겠다는 생각이 들면서 마음이 무거웠다.

딸이 아이 키우는 방식이 염려스럽다. 배고픔을 느끼기 전에 간식을 주고, 목마르지 않는데 물을 마시게 한다. 아이가 배설 욕구를 느끼기 전에 화장실에 데려다 앉힌다. 사방에 널린 소꿉놀이도구, 장난감, 책들이 포만감을 준다. 과도한 사랑과 보살핌이 하고자 하는 욕구를 느낄 기회마저 빼앗는 것 같다. 아이에게 한 발 떨어져서 지켜보라고 몇 번이고 말을 했지만 딸의 고슴도치 사랑을 말릴 길이 없다.

결핍은 사람을 성장시킨다. 부족함을 느껴야 채우려는 욕망이 일어난다. 욕구가 생기면 그것을 이루기 위해 노력한다. 노력을 하고 있을 때 사람은 성장하는 것이다. 갑각류도 허물을 벗는 가장 약해진 순간에 성장한다. 가득차서 흘러넘치는 물동이를 가진 자는 채우기 위해 노력하지 않을 것이다. 넘치는 풍요보다 모자람이 미덕일 수 있다.

로즈마리 분을 수국 옆에서 키우다가 잎이 마르고 뿌리가 썩어 버린 적이 있다. 물을 좋아하지 않는 로즈마리의 특성을 생각하지 않고 수국에 맞추어 물을 주었으니 어찌 견딜 수 있으랴. 지치다 못해 아예 뿌리가 썩으면서 죽어갔다. 과도한 관심과 사랑에 견딜 수 없었던 것이다. 로즈마리가 목이 말랐을 때는 스스로 물 컵을 당겨 마시겠지만 마구 퍼부어준 물은 그를 견딜 수 없게 만들 뿐이었다. 차라리 물이 조금 부족하였다면 썩어 죽음에 이르지는 않았을 것이다.

냉장고에 키위를 채우고 있으려니 가슴에 작은 행복이 차오른다. 누가 들으면 키위 한 상자가 뭐 대수냐고 하겠지만 어렵게 살았으니 누리는 풍요는 남다르다. 이제야 찾아온 '소소한 행복'이다. 빈 둥지에 남은 어미 새는 새끼를 돌봐야 했던 무게감을 벗고 자유를 얻었다. 아이들 걱정 내려놓고 일상에서 작고 확실한 행복 '소확행'을 누리는 중이다.

김장을 하면서

김장시장이 활기를 띠고 있다. 무, 생강, 건어물 등 김장재료를 살피고 배추 무게를 이리저리 겨냥하면서 제법 살림꾼이 된 모습이 뿌듯하다. 주부 9단은 못돼도 김장을 담그면서 흉내는 내고 있으니 말이다.

직장 다니면서 꿈꾸던 장면이 있었다. 가을 날 양지쪽 평상에 앉아 무채를 썰어 볕살에 말리고, 호박오가리를 만들고, 토란 대를 말리는 장면이다. 겨울을 위해 갈무리하고 알뜰한 살림꾼으로 살아가는 풋풋한 삶을 얼마나 그려왔던가. 자연에서 찬거리를 만들며 소박하게 살고 싶었다. 퇴직을 한 후 야심차게 실행했다. 햇살에 말린 것들로 반찬을 만들어 식탁에 올렸건만 정작 식구들에게 환영 받지 못했다. 달달하고 보드라운 맛에 길들어진 혀 탓인지 옛날식 거친 음식이 겉돌면서 소박한 꿈을 접을 수밖에 없었다.

본격적으로 살림살이에 뛰어들면서 된장과 김치는 직접 담가 먹겠다고 마음을 굳혔다. 우선 잘 여문 국산 콩으로 메주를 만들었다. 아파트 베란다의 햇살 잘 드는 곳에 매달아 겨우내 두었더니 곰팡이가 피었다. 잘 띄운 메주 무게에 맞춰 물과 소금의 표준 양을 넣어 장을 담갔다. 햇살이 맛을 만들어주었다. 된장에 비해 김장은 그렇게 간단한 문제가 아니었다. 간맞추기도 쉽지 않고 맛을 내기도 까다로웠다.

시장은 생기가 넘쳐났다. 배추 잎이 너무 두꺼우면 수분이 많아 김치가 무르기 쉽다. 배추 길이가 너무 짧으면 양념을 넣을 때 잘 싸지지 않아 양념이 흘러나온다. 배추 속살이 희거나 노란 것보다 중간 것이 좋다. 그동안 익힌 김장 노하우를 읊으며 무게감이 있으면서 알맞은 체수의 배추를 손에 넣었다. 다음은 소금 간이 성패를 좌우한다니 소금 양을 조절해

야한다. 첫해는 감을 잡을 수 없어 소금을 아꼈더니 덜 절여
졌다. 뻣뻣하여 다시 살아서 날아갈 것 같은 배추를 안고 시
름했다.

한때 뻣뻣한 배추처럼 살았던 때가 있었다. 책임감을 내세
우며 옳고 그름의 잣대만 높이 쳐들었다. 때로는 타인을 배려
하지 못했고, 때로는 타인을 너무 의식해 자신을 잃어버렸다.
타인의 마음과 만남을 이뤄내지 못한 맨송맨송한 관계는 정
으로 이어지지 못했기에 흡사 간이 덜든 배추처럼 겉돌기 마
련이다. 사람은 영물이기에 아무리 겉이 부드러워 보여도 풀
기 머금은 꼿꼿한 마음을 금방 알아챈다. 마음의 풀기를 죽
여야 이웃과 어울려 맛을 낼 수 있음을 김치를 담그면서 알게
되었다. 뻣뻣하고 데면데면하게 굴면 양념이 덜든 김치처럼
맛깔스런 관계를 맺지 못한다.

소금을 풀어 배추를 담그고 배추 사이사이에 간을 넣었다.
알이 꽉 찬 배춧잎 사이에 간을 치는 일은 까다롭기에 한 장
한 장 젖혀가면서 정성을 쏟아야 한다. 성공적인 김장이 되
려면 이 과정에 공을 들여야 한다. 간이 덜 들어간 것도 탈이
지만 간이 너무 세어도 쓴맛을 낸다. 간이 세면 소금의 강함

을 견디지 못해 배추 본래의 단맛을 빼앗기고 후줄근한 짠지가 되어버린다. 짠지야 옛날 많은 식구의 겨울나기를 위한 소중한 밑반찬이 되었겠지만 사람이 짠지처럼 되면 그다지 쓸모가 없다. 너무 인색해서 인간다운 면모를 잃어버린 꼽꼽쟁이에 불과하기 때문이다. 인간미 넘치는 풋풋한 사람이 되려면 넘치지도 모자라지도 않는 자기 절제의 간맞추기가 필요하다.

배추에 간을 넣은 후 절여지는 기다림의 시간이 필요하다. 아무리 급해도 강제로 절일 수 없다. 시간이 지나면 배추가 간을 받아들이고 수분을 뱉어내어 비로소 나긋나긋 손에 감겨오는 잘 절여진 배추가 된다. 그러고 보니 그 옛날 빳빳하기만 했던 나의 성깔도 시간이 녹아들면서 어느 정도 부드러워진 듯이 보인다.

맛에는 신맛 쓴맛 단맛 매운맛이 있지만 그중에 으뜸은 짠맛이다. 간이 맞지 않아 심심한 김치는 희읍스레하고 밍밍해 맛이 없다. 간이 너무 세게 들면 짠맛 너머 쓴 맛까지 돌면서 혀를 자극하며 건강까지 헤친다. 사람도 그렇다. 간이 덜 든 사람은 싱겁고 밋밋하여 자신만의 특성이 드러나지 않는다.

너무 짠 맛이 돌면 인색하고 너그럽지 못하다. 김치의 간맞추기가 어렴풋이 인간미를 지닌 싱그러운 매력을 잃지 않은 사람이 되기도 쉽지 않다.

김치의 마지막 단계는 양념을 바르는 과정이다. 절여진 배추에 양념을 바르면 배추 몸속으로 양념이 스며들면서 맛깔스런 모양을 갖춘다. 그러면 김장 통에 들어가서 배추와 양념은 더욱 꼭 끌어안고 깊은 발효의 시간을 가질 것이다. 사람살이에서도 잘 절여진 배추처럼 상대를 끌어안고 채워주면서 살아가는 것이 맛깔나게 잘 사는 모습이다. 성급하고 뾰족한 성격의 가시를 발효의 시간으로 녹이고 사람 냄새를 풍기면서 넘치지도 모자라지도 않는 삶을 꿈꾼다. 설익어 뻣뻣했던 지난날을 반성하면서 잘 익은 김치 같은 사람이 될 때까지 자신을 다듬어야 겠다.

3장
조팝꽃

조팝꽃

　강 둔치로 운동을 나갔을 때였다. 둔치는 온통 꽃밭이었다. 시민의 정서를 배려해 만든 화단에는 튤립과 수선화가 줄지어 앉았고 그 둘레를 따라 조팝꽃이 띠를 이루며 흐드러지게 피어 있었다. 아름다움에 취한 사람들이 여기저기서 셔터를 눌러댔다. 눈은 풍요와 여유로운 분위기에 취해 있으면서 머리로는 조팝꽃에 대한 팍팍한 어린 날의 기억과 그 너머로 보호받지 못한 그분들 모습이 어른거렸다. 어려운 시기에 태어나서 몹쓸 병마로 서러운 생을 살다간 그들을 생각하니 마음이 아리다.

여섯 살 봄이었다. 복숭아꽃, 살구꽃, 진달래가 진 고향마을 산야를 조팝나무가 점령했다. 긴 가지에 자잘한 꽃송이가 닥지닥지 붙은 꽃나무가 밭둑이나 산기슭에 지천으로 깔렸다. 꽃 모양이 튀긴 좁쌀 같다고 해서 좁쌀밥나무 즉 조팝나무라 불렀다. 가까이에서 보면 좁쌀처럼 까슬까슬한 식감으로 다가온다. 입안에 넣으며 푸석해서 목구멍으로 쉬 넘어가지 않는 조밥이 된다.

봄날은 나른하고 입맛을 잃기 쉬운 계절이다. 윤기 흐르는 쌀밥이라면 모를까 보리에 좁쌀을 섞어 지은 조밥은 작은 목구멍으로 넘기기가 힘들었다. 잘 먹지 못해 볼에 마름 버짐이 피어오를 때 쯤 조팝꽃이 수북하게 피어올랐다. 화려함이 느껴지지 않는 풀숲에 시무룩하게 핀, 조밥 닮은 흔하디흔한 그 꽃이 싫었다.

그맘때 산골 아이들은 꼴을 캤다. 아직 풀이 덜 자라 낫으로 베기는 이른 계절이라 호미를 사용했다. 언니는 친구들과 함께 다래끼를 메고 꼴을 캐러 나갔다. 성가시다고 집에 있으라는 언니의 말을 귓가로 흘리고 그들을 따라 붙었다. 봄날에 집에 혼자 있는 것은 심심하기도 하지만 무서운 일이 닥치기 때문이다. 혼자 있는 집 안으로 상이용사들이 들어와 의수를 내젓거나 문둥이들이 떼를 지어 동냥을 요구하면 감당할 수 없다. 이미 몇 차례 겪은 일이었다.

1950년대 말은 나병환자들이 수용소에서 치료를 받지 못하고 전국으로 떠돌이 생활을 하던 때였다. 나병이 무서운 전염병이란 인식이 강해 병에 걸리면 가족 곁에 머물 수가 없었다. 발병 후 얼마동안은 골방에 숨어 지낼 수 있지만 머지않아 이웃에게 알려지면 그때부터 마을에서 쫓겨나 떠돌이 생활이 시작되었다. 자신과 같은 처지의 사람을 만나 집단을 이루며 살았다. 겨울에 추위를 피해 양지바른 움막에 모여 있다가 날이 풀리는 봄날에 사방으로 동냥을 하며 흘러 다녔다.

나병은 인육을 먹으면 낫는다고 아이를 잡아다 술밥에 쪄서 술을 만들어 먹는다는 낭설이 마을을 건너다녔다. 어느 동네 아이가 없어졌다거나 어떤 환자가 인육으로 담은 막걸리를 먹고 취한 채 자고 났더니 벌레가 밖으로 쏟아져 나왔다는 등의 흉흉한 소문이 날개를 달고 나병환자보다 앞서 마을로 퍼지고 있었다.

　우리는 강가에 이르렀다. 강 건너 풀이 많다고 언니들은 강을 건너고 있었다. 비가 와서 강물이 불은 상태라 여섯 살짜리가 건너기에는 무리였다. 혼자 남겨진 나는 돌무더기를 쌓으며 놀고 있었다. 한참을 놀다가 건너다보니 언니들이 보이지 않았다. 인적이 끊긴 주위는 적막감만 남았다. 무서워서 언니를 불렀다. 소리를 질러대며 울고 있을 때 두런두런 소리와 함께 한 무리의 사람들이 다가왔다.

길 가던 사람들이 아이 울음소리를 듣고 다가온 것이었다. 마을 어른들이 늘 주의를 주던 말이 현실로 다가왔다.

'문둥이들이 떠돌아다니다가 어린 아이를 잡아가니 혼자 다니지 마라. 혹시라도 그들을 만났을 때 엿을 주겠다고 꼬이면 따라가서는 안 된다.' 노상 듣던 말이다.

'이 사람들이 그 무서운 문둥이들이구나' 하는 생각이 들자

온 몸이 곤두서고 머릿속은 사이렌 소리가 울렸다. 잡히면 술밥이 되겠다는 공포감에 강가를 거슬러 올랐다. 그들은 손짓을 하며 알아들을 수 없는 소리를 질러대며 따라 왔다. 곧 잡힐 것 같아 강으로 뛰어 들었다. 강물이 허리까지 차올랐다. 물살이 세어 쓰러질 듯했지만 기를 쓰고 강을 건넜다. 그들은 강가에서 노려보고 있었다. 나병은 피부가 짓무르는 병이라 환자들이 물을 싫어한다던 어른들의 말이 생각났다.

강폭이 그렇게 넓지 않아서 건너편 그들의 모습이 보였다. 대여섯 명으로 보이는 사람들 중에 등에 망태기를 걸머진 사람이 있고 얼굴이 일그러진 사람도 있었다. 한 참을 노려보며 손짓을 하던 그들은 돌아섰다. 긴장했던 다리에 힘이 풀리면서 털썩 주저앉은 발아래에 조팝꽃이 즐비했다. 강둑은 온통 조팝꽃 천지였다. 머릿속이 하얗게 비어버린 공간에서 만난 꽃은 눈물로 된 한 덩이 슬픔이었다. 한참을 슬픔에 파묻혀 아득해진 마음을 추스르는 사이 조팝꽃은 서러움의 꽃으로 각인되었다.

전쟁 직후의 나라는 가난하고 사회는 혼란스러웠으며, 사람들은 서러운 삶을 살았다. 나병환자만이 아니었다. 상이용

사들은 쇠갈고리로 의수를 했거나 나무로 의족을 하고 무리 지어 다녔다. 나라를 위해 전쟁터에서 몸을 바쳤건만 그들에게 국가는 보상하지 못했다. 사람들도 따스한 시선을 보내지 않고 기피했으니 달랠 길 없는 분노가 곳곳에서 끓어올랐다. 허기지고 피폐해진 그들은 분노의 갈고리를 쳐들고 불만의 언어를 뱉어내던 시절이었다.

산야를 덮던 조팝꽃이 공원에서 환영받게 된 세월의 변화에 세삼 위로를 느꼈다. 흡사 서럽게 살아왔던 그들이 귀한 자리에 초대받은 느낌이다. 나라가 힘이 생기니 끼니를 구걸하는 절박함에서 벗어났다. 지천으로 피어나던 꽃을 공원으로 모셔와 찬사를 보내는 달라진 세상이다. 이제는 조밥마저 별미가 된 세상이니 조팝꽃은 더 이상 서러움의 꽃이 아니다.

공원을 거니는 이들의 표정은 꽃보다 더 꽃 같다. 살만한 세상이 마냥 고맙다.

그 사람, 초록향기

　색감을 잃어버린 무채색 계절이다. 며칠째 희뿌연 하늘이 낮게 드리워 마음을 무겁게 휘감아왔다. 회색빛 갑갑함과 그날이 그날 같은 일상의 무력감에서 벗어나고픈 충동이 꿈틀거렸다. 그곳에 가면 청정함을 뿜어내는 초록터널이 한겨울에도 기운을 잃지 않고 그대로 있을까? 생활의 중압감을 벗으려고 마음의 청량제를 찾아 떠난 여행이다.

　울산 십리 대숲에는 댓잎의 넘실거림이 여전했다. 잎 부딪는 소리가 한겨울 정적을 깨고 있다. 햇빛조차 비집고 들기

어렵도록 조밀하게 짜인 숲이 어깨를 걸고 길게 이어져 있다. 녹색으로 정화된 눈이, 깨끗한 공기로 편해진 허파가, 안정을 얻은 심장이, 맑아지는 머리가 즐거움으로 리듬을 탔다. 깊은 숨을 뱉어내며 숲길을 걷다가 대숲 사이 벤치에 앉았다. 저렇게 높이 곧게 솟아오르려면 도대체 그 뿌리는 얼마나 깊을까.

대나무는 싹을 틔우기까지 오랜 시간을 기다린다. 4년의 세월을 기다리고 다섯째 해가 되었을 때 비로소 싹을 틔운다. 그동안은 뿌리 내리는 일에 집중했던 것이다. 그 지루한 여정을 침묵으로 감내하면서 내린 뿌리는 수십 미터에 달하고 그 후부터는 키가 쑥쑥 자라 곧게 서서 세상을 견디어 낸다. 그러니까 대나무가 사람 키 몇 배로 자라는 것도, 폭풍우에도 쓰러지지 않고 서서 견디는 것도 다 그 비밀은 뿌리에 있었던 것이다. 뿌리의 중요함이 어디 대나무에 국한된 것이겠는가. 사람도 뿌리가 튼실해야 흔들리지 않고 바르게 살아갈 수 있다.

무거웠던 마음을 대숲에서 날려버리고 인근 식당에서 점심을 먹는데 전화가 왔다. 며칠 전 종교 행사에서 만났던 옛 제자다. 그는 중학교 교사시절 가르친 학생으로 경주 인근에 있는 시골교회 목사이다. 행사 때문에 이야기를 끝내지 못한 채 헤어졌는데 남은 회포를 전화로 풀어볼 요량인가 싶어 반가운 마음으로 전화를 받았다. 내가 울산 여행 중이라고 말하자 멀지 않는 곳이니 귀가 길에 꼭 들르라고 했다. 시간도 느긋해서 그의 집에 가보기로 했다.

　드문드문 집들이 늘어서 있는 마을로 들어섰다. 들판과 접한 교회에 도착하니 제자 부부가 뜨겁게 환영하며 집안으로 이끌었다. 현관으로 들어섰다. 단출한 살림살이가 소박하게 살고 있음을 말해줬다. 아늑하고 편안한 분위기에서 이야기를 이어가는데 거실 가운데 걸린 가족사진이 시선을 끌었다. 앞에 두 딸이 앉았고 그 뒤로 엄마 아빠 그리고 양쪽에 두 아들이 둘러선 모습이다. 세상의 어떤 어려움도 뚫을 수 있을 만큼 단단한 가족이라는 느낌이 들었다. 곁에 있는 또 하나의 사진은 큰 딸 대학 졸업식 날 교정에서 찍은 것으로 가족 나들이처럼 화목하게 느껴졌다.

　아이를 많이 낳아 애국한다는 내 말에, 몸으로 남매를 낳았고 가슴으로 남매를 낳았다고 했다. 보육원에 있는 아이 둘을 위탁받아 키우다가 그 아이들 갈 곳이 마땅하지 않자 입양하

여 가족이 되었다는 것이다. 큰 아이는 20개월 됐을 때 데려와서 고등학생이 되었고, 작은 아이는 12개월 됐을 때 데려와 중학생이 되었다. 성장 시기를 다 지켜보고 보듬어 왔으니 온전한 가족으로 자리매김하기에 충분한 시간이라는 생각이 들었다.

갓난아이를 데려와서 기저귀를 갈아주고 분유를 먹이고 목욕시켜 보듬어 안아주는 부부의 모습이 눈앞에 어른거렸다. 부부는 사랑을 쏟았고 아이는 재롱으로 부부의 노고를 덜어 주었을 것이다. 곁에서 텃새 부리지 않고 양보한, 몸으로 낳은 두 아이 또한 얼마나 기특한가. 어우러져 사진 속에 담긴 가족이 신기하게도 닮아 있었다. 가족으로 뿌리를 단단히 내린 것이 확실했다. 함께 살아서 닮은 건지 같은 꿈을 꾸어서 닮은 건지 알 수 없지만 벽에 걸린 가족사진이 주는 울림이 각별하고 신선했다.

타인을 가족으로 받아들이는 결정이 쉽지는 않았을 것이다. 얼마간 기른 정(아이)이 갈 곳을 찾지 못하는 형편을 보고 있을 수만 없어 대단한 각오를 하고 받아들였을 터이다. 사람이 사람을 사랑하는 일에도 갈등과 부딪힘은 있게 마련이다. 타인으로 만난 가족 사이에 어찌 언짢음과 상처가 없었겠는가. 양보하고 배려하면서 모난 곳을 둥글게 다듬는 기간은 모두에게 수양의 시간이었을 것이다. 무던히 갈고 다듬어 한곳에 뿌리를 내려 재탄생한 사랑의 가족이다. 부부는 험한 세상으로부터 두 아이의 인생을 구원한 것으로 스스로도 구원을 받았으리라. 부부의 사랑이 귀하고 넉넉하게 보였다.

자신이 낳은 아이도 책임지지 않겠다는 사람들이 얼마나 많은 세상인가. 재혼한 배우자의 아이를 방치하고 가해하기도 하는 모진 세상이다. 아이들을 학대하여 목숨을 잃게 하는 끔찍한 뉴스를 접할 때마다 우리는 모진 인성을 개탄했다. 하지만 이들 부부는 사람이 사람을 어떻게 품고 살아야 하는지를 일깨우고 있으니 찬사를 받아 마땅하다. 사람을 품어 안는 것이야말로 진정한 종교다. 이들은 사람의 향기를 풍기는 이 시대 참 사랑꾼이다.

그날도 교회 어르신들을 대접하기 위해 곰탕을 끓이는 중이었다. 부엌으로 드나들면서 수고를 아끼지 않는 부인의 모습은 봉사가 몸에 배인 듯 자연스러웠다. 세상에는 빈말로 번지르르하게 꾸미고 탐욕을 일삼는 종교인도 많다. 종교가 소금과 빛의 역할을 다하지 못하고 비판 받는 시대에 이들의 귀한 모습은 보는 것만으로도 청량감을 느낀다.

찬찬히 들여다보는 가족사진 위로 울산 십리 대숲의 풍경이 어른거린다. 다시 내 허파에 신성한 공기가 차오르고 심장에는 푸른 기운이 펄떡였다. 뿌리를 깊이 내린 대나무처럼 이 가족도 쑥쑥 자라나서 서로 어깨를 걸고 큰 숲을 이룰 것이라는 믿음이 내 마음에 뿌리를 내린다. 초록의 위로를 받으려고 떠난 여행이 아름다운 사람의 향기를 받아오는 의미 있는 나들이가 되었다. 모처럼 산뜻하고 좋은 기분으로 돌아오는 발걸음이 가뿐하다.

숙주

서울 가는 길이다. 코로나19 때문에 대중교통을 이용하기가 무서워 차를 가지고 갔다. 가는 김에 딸아이 집에도 들리고 여유롭게 다녀오곤 했는데 아쉽지만 한동안 보고 싶은 마음을 내려놓아야 했다. 바이러스는 자신의 번식을 위해 인간을 숙주로 택했고 우리는 그들과 전쟁 중이다. 인간에게 기생하여 복사와 재생산을 꾀하는 보이지 않는 적 앞에서 인간은 두려움으로 떨고 있다. 손 소독을 하고 서로간 거리를 두면서 바이러스의 감염을 피하는 방법 외에는 속수무책이다.

최대한 적의 공격을 피하며 버티다가 백신의 지원을 받아 항체를 만드는 수밖에 없다고 하니 우리는 지원병을 기다리며 하루하루 지쳐간다. 기생의 암묵적 룰은 기생자와 숙주가 공생의 관계를 유지하는 것이다. 숙주가 죽으면 기생자도 죽을 수밖에 없으니 치명적인 타격을 가하지는 않을 것이다. 백신을 맞아 인간에게 항체가 생기고, 바이러스도 인간을 파악해서 힘 조절을 한다면 서로를 대수롭지 않게 대할 수도 있겠다. 그 때는 바이러스와 공존의 관계로 발전할 것이다.

도심에 들어서면서 길이 막혀 가다 서다를 되풀이 했다. 여유로운 시선 때문인지 길가 방음벽을 타고 오른 담쟁이가 눈에 들어왔다. 담쟁이가 잎을 이끌고 꼭대기를 넘어선 기세를 보니 숙주에게 완전한 정착을 이룬 모양새다. 방음벽인 숙주의 입장이 궁금하다. 빡빡하게 달라붙은 담쟁이가 답답하고 귀찮을지 따가운 햇살을 막아주고 민낯을 가려주니 고마울지 벽은 말이 없다.

담쟁이는 기생식물이다. 그들은 숙주 선택에 따라 삶이 달라진다. 벽을 타고 오른 담쟁이는 독을 만들고 소나무를 타고 오른 담쟁이는 약을 만든다. 숙주를 소나무로 택한 담쟁이는 약효가 뛰어나 송담이란 이름까지 얻으면서 약초꾼들에게 귀한 대접을 받는다. 같은 담쟁이인데 숙주의 성질에 따라 약성이 달라지는 것은 어쩌면 당연한 이치일 수 있겠다. 뜨거운 시멘트 담장을 기어오른 담쟁이는 삶의 고행에 지쳐 약을 만들 수 없었을 것이다. 그러나 싱그러운 소나무를 타고 오른 담쟁이는 그 나무의 기운을 받아 신통한 약효를 만들 수 있었다. 깊은 산속에서 소나무를 감고 오르던 담쟁이의 모습이 얼마나 여유로워 보였던가. 태고의 신비감을 자아내며 편안한 관계 속에서 담쟁이는 약을 만들 수 있었을 것이다.

사람도 그렇다. 누구를 만나 배우는가에 따라 인생의 길이 달라진다. 맹자 어머니가 아들을 위해 세 번씩이나 이사를 다녔다. 스승이 누구인지, 어떤 환경에서 자라는지, 어떤 가르침을 받았는지에 따라 미래가 결정되기 때문이다. 어릴 때는 부모님의 영향이 절대적이다. 어떤 뒷받침을 받았는지에 따라 인생의 모양이나 크기가 확연히 달라지는 것이다. 청소년기에 또래들의 삶이 부러웠던 때가 있었다. 그 시절 시골 아이들은 거의 어려운 환경에서 자랐지만 몇몇 친구는 달랐다. 유난스런 교육열로 학교를 드나들며 관심을 쏟는 부모가 있었다. 수시로 선생님과 상담을 하면서 아이의 진로를 열어가는 친구 부모의 열성이 부러웠다. 나도 그 아이들처럼 부모님이 조금만 뒷받침을 해주면 훨훨 날아오를 것 같았다. 뜻을 펴지 못하고 접을 때마다 훗날 내 아이에게는 하늘의 별이라도 딸 수 있게 온갖 뒷받침을 해주리라 마음을 다졌다.

첫아이에게 공을 많이 들였다. 과도한 관심을 쏟은 밑바닥에는 아이를 통해 내 한을 풀려는 음모가 도사리고 있었을지 모른다. 성적이 되는 한 좋은 학교에 보내려고 은근히 아이를 닦달했다. 아끼지 않고 쏟아 부은 열정이 아이에게 부담으로 작용했을 터지만 아이는 숙주를 잘 만난 듯 옹골지게 자라서 명문 고등, 명문 대학에 갔다. 이제 그가 하늘의 별을 따리라 기대했지만 그것은 나만의 착각이었다. 명문학교에는 어마어마한 부모를 숙주로 둔 아이들이 많았다. 우리는 지방에서 한다고 했지만 가랑이 찢어지는 뱁새에 불과했다. 자취생활에 타향살이 어려움까지 겪는 내 아이와는 달리 그 친구들은 부모 곁에서 따뜻한 보살핌을 받았다. 때로는 드러나지 않는 지원까지 받았을 지도 모를 일이다. 나중에야 알았지만 딸은 내 그늘이 미치지 못한 땡볕 아래 고생하면서 친구 부모들의 그늘을 부러워했던 모양이다. 모르긴 해도 딸도 다짐했으리라. 제 아이에게 아낌없이 뒷받침을 해주는 엄마가 되겠다고.

잎을 떨어뜨리고 힘줄만 드러낸 담쟁이 넝쿨은 반추의 시간을 보내는 듯 말이 없다. 아이들이 떠난 자리에 자유로움과 홀가분함이 찾아왔다. 이제 나는 만들어가는 시간보다 더듬는 시간이 많아졌다. 정리되지 못한 희미한 생각들이 또렷해지면서 지난날의 실수가 확대되어 보일 때도 있다. 그때 잠시나마 내가 가지지 못한 것을 부러워했던 것은 설익은 생각이었다. 부모님의 뒷받침을 눈에 보이는 것으로만 생각해서는 안 되는데 말이다. 물질을 넘어선 소중한 가치가 있음을 깨닫지 못한 철부지였다. 성실성, 솔직함, 순수함, 소박함이 어찌 내 혼자서 만든 것이랴. 애초부터 부모의 DNA가 나에게 유전된 것일 텐데.

이제는 남의 떡이 더 커 보이지 않고, 작아도 내 것의 소중함을 안다. 송담을 만드는 담쟁이처럼 유익한 것을 만들어 나누면서 누군가에게 도움을 주는 삶을 살고 싶다. 겨울 문턱에 선 내가 할 수 있는 일이 그리 많지는 않겠지만 그래도 무엇을 할까를 모색 중이다. 좋은 숙주를 찾았으면 한다. 튼실한 숙주를 만나 기생이 아닌 공생의 관계를 맺어가고 싶다. 그것이 책이나 여행, 글쓰기면 더할 나위 없이 좋을 것이다.

아직도 바이러스의 기세는 수그러들지 않고 인간 숙주들을 공포로 몰아넣고 있다. 무증상 감염자가 통계치보다 열배 이상 된다는 보도를 들으면서 바이러스도 나름 오래 살기 위한 방법을 모색하느라 골몰하고 있음을 가늠해 본다.

비움의 미덕

몸에 고장이 잦아진다. 허리가 아프더니 다리까지 불편했다. 마스크 쓴 사람들의 목소리를 알아듣기 힘든 걸 보면 귀도 기능이 떨어지고 있는 것 같다. 아직은 한참을 더 써먹어야 할 기계이니 수리를 해가며 쓸 수밖에 없다. 몇 가지 검사를 마친 의사는 오지 않은 미래의 병까지 한껏 부풀려 가뜩이나 주눅 든 마음에 기운을 뺐다. 약 처방에 식이요법과 운동 처방까지 내주었다.

운동은 걷기가 최고라며 아들이 핸드폰을 열어 헬스 앱을

깔아줬다. 살길은 걷기뿐이라니 하루에 6천보 정도는 꾸준히 걸으리라. 소백산 등반도 거뜬하게 하던 다리가 나이 좀 들었다고 배신하는 것을 두고 볼 수 없다. 똑똑한 핸드폰이 걸음수를 세어주니 잡념을 접고 무작정 걸어보기로 했다.

핸드폰을 집에 두고 온 날이다. 걸음수를 세려니 끝까지 셀 자신이 없다. 기계에 의존하며 살다보니 온갖 기능이 떨어졌다. 한 바퀴가 오백 보니 열두 바퀴를 돌아야 한다. 운동복 주머니에 돌멩이 열둘을 주워 넣고 한 바퀴 돌면 하나를 버렸다. 버릴 때마다 주머니가 비워지고 마음은 가벼워졌다. 마지막 남은 하나까지 버리니 홀가분했다.

그래, 뱃속도 이렇게 비우면 홀가분하겠구나. 남은 음식이 아깝다고 먹다보니 버리지 못하는 습관으로 굳었고 그것이 건강까지 해쳤다. 위장도 비우면 가볍게 살 수 있으련만 먹는 것 조절이 되지 않아 병이 따랐다. '비움의 미학'이란 말이 있는 걸 보면 비우면 분명 좋은 것이 있을 터이다. 아인슈타인은 사용하는 과학 장비 중 가장 중요한 것이 무엇이냐는 질문에 휴지통을 가리켰다고 하니 버리고 정리하는 것이 새로운 영감을 얻는 데 그만큼 중요하다는 뜻이다.

미니멀 라이프는 일상생활에 필요한 최소한의 물건만 두고 살아가는 삶의 태도이다. 이것을 추구하는 생활은 옷장을 비우고, 냉장고를 비우고, 머릿속을 비우고, 관계비우기를 하는 것이다. 생활이 단순화되면 정신에 집중할 수 있다. 꾸밈을 제거하면 가장 본질적인 것을 들여다 볼 수 있기 때문이다. 비움으로 정서적 풍요를 얻으려는 아이러니다. 한국화의 여백의 미가 우리에게 푸근하고 여유로움으로 다가오는 것도 비움의 철학과 관련이 있을 것 같다.

주변을 살피니 세월의 더께만큼 쌓인 물건들로 가득하다. 창고에는 잡동사니가, 주방에는 식기들로, 냉동실은 봉지에 쌓인 음식물로 가득하다. 홀가분하게 살고 싶어 옷장부터 열었다. 많은 옷들이 빽빽하게 달라붙어 불편한 모습이다. 언젠가 입을 것이라고 생각되어 버리지 못한 옷들이 입을 수 있는 옷보다 더 많다. 정리의 고수들은 1년 이상 입지 않은 옷이라면 더 이상 입을 옷이 아니므로 과감하게 버리라고 하지 않던가. 입지 않는 옷 중에 깨끗한 것은 헌옷 수거함에 넣고 낡은 것은 쓰레기봉투에 넣었다. 헐렁해진 옷장이 숨쉬기가 한결 여유로워 보였다.

그동안 옷은 얼마나 숨 막혔을까 옷에게 미안했다. 잘 버리는 것이 정리라는 말이 있다. 쓰지 않을 물건에 대해 미련을 버리지 못하는 것은 아직 비움의 묘미를 몰라서이다. 비우면 공간이 생기고 정리를 잘하면 공간의 가치가 달라진다. 버린 옷을 보니 겉모습에 치중하느라 사들인 옷들이 너무 많았다. 보이기 위한 꾸밈에 너무 많은 힘을 쏟은 것이다. 내면을 가꾸는 일에 집중할 수 있도록 삶의 방향을 바꾸어야 할 때이다.

정리된 옷장처럼 마음에도 빈자리를 만들어야겠다. 물건에 대한 욕심을 버리고, 타인에 대한 부러움을 버리고, 주변인에 대한 미움을 버리자. 젊어서는 채우며 사느라고 숨 가쁘게 달렸다. 그 숨 가쁨 속에는 지친 일상이 있었을 뿐 진정한 기쁨이 없었다. 이제 어미 새의 무거움에서 벗어나 홀가분하고 자유로운 시간을 살고 있지 않는가. 삐걱거리는 몸의 소리에 귀 기울이고 고장 난 부분들을 수리하고 마음을 비워가며 느리게 살아볼 참이다.

비움은 채움을 의미하기도 한다. 탁한 기운을 비워내야 다시 맑은 기운이 채워진다. 머물러 고인 것은 새로움이 아니다. 산골짜기 옹달샘도 가득 차서 고인 물은 이미 샘물이 아니다. 고인 물을 다 비워내면 분명 신선한 샘물이 다시 채워질 것이다. 마음에 빈자리를 만들면 또 다른 좋은 것으로 채워지리라 믿는다. 그것은 맑은 영혼일 수도, 인간애의 따뜻함일 수도, 은은한 사람의 향기일 수도 있다.

비움의 시간으로 들어설 때다. 어차피 빈손으로 떠나야 하는 삶이다. 물욕의 찌꺼기를 버리고 마음에 투명한 공간을 만들면 가볍고 건강한 삶이 따를 것이다. 올리브 나무도 나이를 먹으면서 둥치 내부에 빈 공간을 만든다고 했다. 유럽 여행에서 본 속을 비운 올리브 나무의 단면은 참으로 아름다웠다. 비움의 역설이다. 비움과 느림의 자각이 참으로 다행스럽다.

수많은 잎을 거느린 초록의 나무는 싱그러운 아름다움이다. 모든 잎을 떨어뜨리고 앙상한 가지로 서있는 겨울나무 또한 얼마나 초연한 아름다움인가.

어머니의 정원

문을 밀치고 들어서니 잡초가 무성하다. 한때 얼마나 호기롭고 풋풋한 곳이었던가. 기다리다 지쳐 쑥대밭이 되었나 보다. 이제 더 이상 제 주인의 극진한 보살핌을 받을 수 없어 더욱 처연해 보였다. 꽃보다 더 많은 이야기꽃을 피우며 정담을 나누던 어머니의 정원이 버려졌으니 가슴 가운데로 황량함이 스쳐갔다.

옥상은 어머니의 세계였다. 아침에 물을 주고 저녁에 풀을 뽑고 벌레나 달팽이를 잡아주었다. 당신 품안의 식물을 불편하지 않게 배려하였으니 그들은 아예 목마름을 모르고 자랐다. 정성을 먹고 자란 식물은 제살을 찌우고 윤기를 뿜어내는 것으로 보답했다. 그곳에는 많은 것들이 모여 살았다. 고추, 가지, 오이, 호박 둥굴레, 도라지, 취나물 같은 가족들의 찬거리가 있고, 매 발톱, 초롱꽃, 돌단풍, 천리향, 분홍찔레, 장미, 야래 향처럼 색채와 향이 어울린 꽃이 있었다.

어머니는 참 고운 분이셨다. 피부가 희고 인물이 워낙 출중하여 근동에서는 따를 사람이 없었다. 아침에 일어나면 제일 먼저 화장을 하였으며 한 번도 흐트러진 모습을 보인 적이 없다. 화장품 바구니를 옆에 두고 열심히 가루분첩을 두드리는 모습은 강한 인상으로 남은 몇 장면 중의 하나다. 감기에 걸려 자리보전을 할 때도 일단 화장을 하고 누워야 안심이 될 정도였다.

뽀얗게 화장을 하고 한 땀 한 땀 뜨개질을 하던 모습은 천생 여자였다. 코바늘에 실을 꿰어 뜨게 옷을 만들어서 아들, 딸, 며느리, 사위, 손자, 손녀는 물론 사돈, 가까운 이들에게 선물을 했다. 그 정성은 보통 사람이 도저히 흉내 낼 수 없는 부분이다. 부잣집 딸로 태어나 곱게 자라서인지 남에게 베푸는 일에 능숙했고, 따져 계산하는 일에 능하지 못했다. 타인의 잘못을 너그럽게 감싸 안는 인품을 지녔기에 며느리인 나는 큰 시집살이를 하지 않았다.

옥상은 어머니의 강이었다. 어머니는 거기에서 고향의 강을 찾아 헤매는 연어가 되기도 했다. 해질녘 의자를 놓고 풀어놓는 어머니의 이야기는 이쯤에는 어떤 말이 나온다는 것을 알아맞힐 정도로 여러 번 들었다. 큰아들 사고 난 이야기, 작은아들 병약했던 이야기, 전쟁 중에 피난선을 타고 군산 앞바다에 떠서 일주일을 견딘 이야기, 전쟁 중에 겪은 고생담이 이어졌다.

어느덧 고향집 이야기에 이르면 실향민의 회한에 오롯이 젖어들었다. 유난히 작은 눈을 내리감고 고향을 더듬으며 한 마리의 연어가 되어 거슬러 오를 때는 이야기에도 물이 올랐다. 평안북도 벽동의 고향집 마당, 뒤뜰, 툇마루, 별채의 방안 구석구석을 누비면서 어린 시절 간직한 기억의 파편을 토씨 하나 틀리지 않게 이야기로 풀어내곤 하셨다.

어머니가 고향의 기억을 즐기는 동안 나는 눈앞에 윤기가 흐르는 가지와 오이의 싱그러움을 즐겼다. 연어의 꼬리가 기운을 잃고 압록강 언덕에서 표류를 멈추었을 때 눈앞에는 분홍빛 찔레가 향연을 펼치고 있었다. 이야기에서 깨어난 어머니는 언제 그랬느냐는 듯 찔레꽃 색깔이 유별나게 예쁘다는 칭찬을 잊지 않았다.

고관절 수술 후 걷잡을 수없이 건강이 약해지자 어머니는 병원냄새가 싫다며 집에 데려다 줄 것을 간청했다. 가족들과 상의를 거듭한 후 집으로 모셔왔을 때였다. 휠체어에 의지한 채 현관문을 들어서자 "후~ 집 냄새 참 좋다"고 안도의 미소를 지으셨다. 집 냄새란 말이 마음에 꽂혀왔다. 어머니가 맡은 집 냄새는 어떤 냄새였을까? 삶의 냄새일지, 고향의 냄새일지, 원초적 그리움의 냄새일지는 알 길이 없다.

'고맙고 미안하다'는 뜻의 눈빛을 주고받았을 때만 해도 그렇게 일찍 가시리라 생각하지 못했다. 당신의 흐트러진 모습을 보이는 것이 민망하여 눈을 감은 얼굴에는 어쩔 수 없는 노년의 한계와 서글픔이 묻어났다. 아흔 평생의 삶이 고스란히 내려앉은 애련함이었다. 소진되어 사그라지는 가운데 평온할 수 있음은 고운 삶을 살다 가는 이의 뒷모습이겠다.

나는 신들린 몸짓으로 옥상에 있던 분홍색 찔레나무를 캐내었다. 색깔이 고와서 어머니의 칭찬을 자주 듣던 각별한 나무였다. 이것 하나만이라도 어머니 곁으로 옮겨 심어 드려야 될 것 같다는 생각이 불쑥 인 것이다. 어쩜 내 마음의 위로를 위한 행동일지도 몰랐다. 산소 한 모서리에 찔레나무를 심고 산을 내려오는데 살갑게 보살폈으면 고관절을 다치지 않았으리라는 자책이 따라왔다.

어머니는 떠나시고 나는 보내드리는 쪽에 있다. 나 또한 멀지 않아 아이들에게 뒷모습을 맡겨두고 떠나는 사람이 될 것이다. 만남과 떠남의 구조가 되풀이 되면서 가계가 이어지고 역사가 흐른다. 끝은 또 다른 시작일 수 있을까? 분명치 않는 미망迷妄의 생각들을 접어두고 남은 자의 역할만을 생각해야 하는 시간이다. 지금쯤은 어머니도 그리던 고향의 강가에서 귀향 잔치를 펼치며 훨훨 이 땅에서의 한을 풀 것이라 생각하며 어머니를 놓아드린다.

죽더라도 가보자

못 하나가 손수건에 돌돌 말린 채 나왔다. 집 정리를 하다가 이불장 속 엄마의 손가방에서 나온 것이다. 벌건 녹물이 번져 손수건을 적시다 그대로 말라붙었다. 못을 입에 넣고 두 입술을 물고 참아내었을 엄마의 고통이 전류를 타고 찌릿하게 전해왔다. 이게 무슨 효험이 있다고 신주단지처럼 모셔두었을까.

엄마는 멀미가 너무 심해 병이라 생각될 정도였다. 그것이 유전되었는지 나의 차멀미도 만만치 않았고 큰딸에게까지 전해졌다. 나와 딸이야 잦은 이동이 생활화된 현대사회에 단련이 되어 고쳐졌지만 엄마의 멀미는 평생 고치지 못했다. 엄마에게는 여행이란 말이 아예 없을 만큼 출타와 인연이 멀었다. 웬만한 거리는 걷고 꼭 자동차를 타야할 상황(이사)에는 차에서 내린 후에도 한동안 곤욕을 치렀다.

멀미는 비행기나 차, 배를 타고 이동할 때 몸의 평형감각이 적응하지 못하여 발생하는 증상이다. 의학계에서는 가속도병이라고도 불렀다. 멀미를 예방하기 위해서는 약을 먹거나 귀밑에 패치를 붙이는 것은 일반적으로 알려진 방법이다. 인삼을 물고 있거나 생강 조각을 씹으면 얼마간 증세를 완화시킨다는 민간요법도 있다. 엄마의 멀미 예방법은 독특했다. 못을 입에 물고 차를 타면 그나마 멀미증세를 줄인다는 것이다.

내가 상주 관내에 있는 중학교에 첫 발령을 받았을 때도 엄마는 딸의 발령지가 궁금했지만 가볼 생각은 하지 못했다. 아이가 태어나니 사정이 달라졌다. 가족과 떨어져 타지에서 근무를 하고 있던 나는 태어난 아이를 돌봐줄 사람이 필요했다. 출산휴가가 끝나가는 시점에 사람을 쓰나 어쩌나 애를 태우고 있을 때 엄마는 아이를 봐 주겠다고 하셨다.

"죽더라도 가보자."

그 말이 기막혔다. 상주까지 모시고 가는 일이 엄두가 나지 않았다. 그렇다고 거절할 형편도 아니었다. 난감해서 주저하는 나에게 엄마는 설마 죽기야 하겠냐면서 오히려 나를 달랬다.

엄마는 처음부터 손수건에 못을 돌돌 감아 물고 차를 탈 준비를 했다. 영천에서 상주 끝자락까지 140여km 거리를 2시간 반이 넘게 이동하는 일이니 대작전이나 다름없었다. 남편이 운전을 하고 나는 갓난아이를 안고 앞에 타고 엄마는 못을 물고 뒷자리에 누웠다. 어떻게 될까 겁이 나고, 얼마나 힘들까 걱정이 되어 자꾸만 뒤를 돌아보았다. 굳게 다문 입술 사이에 못을 싼 하얀 수건이 숨결 따라 움직일 뿐 두 눈을 꼭 감은 모습을 보니 가슴이 서늘했다. 엄마~하고 부르면 눈도 뜨지 않은 채 손을 휘저었다. 괜찮다는 뜻인지 어서가기나 하라는 뜻인지 분별이 되지 않았다.

손가방에서 나온 것이 그 때 그 못인 것 같다. 세월이 많이 흘러 이젠 손수건이 못과 붙어 쉽게 떨어지지 않았다. 못이 멀미방지에 정말로 효과가 있는지 알 수가 없다. 철 냄새가 멀미에 도움이 되는가 싶어 인터넷을 검색해도 근거를 찾지 못했다. 어떤 경험으로 얻은 비책인지 실제로 효험이 있었는지도 알 길이 없다. 엄마는 오직 딸을 향한 애틋한 마음을 물고 죽을 각오를 하면서 오신 것만은 분명했다.

손수건이 낡아 찢어지면서 못의 모습이 드러났다. 대가리가 굵은 중간크기의 못이다. 못을 보니 고향집이 떠올랐다. 고향집 안방 벽에는 크고 작은 못이 많이 박혀 있었다. 못은 자잘한 생활용품을 받아 걸었다. 옷장이 없는 방에서 옷장 구실까지 했다. 못이 걸개의 역할을 한 덕분에 방에는 훤한 공간이 생겨 가족들이 발 뻗고 앉을 수 있었다.

못은 방에만 있는 것이 아니라 마루 기둥이나 기둥 모서리에도 둘러가며 쳐 있었다. 거기에는 말린 옥수수가 묶음으로 걸리고 호박오가리, 토란줄기 등이 담긴 봉지가 걸려 있었다. 못은 겨울 채비를 위한 갈무리의 기능까지 담당했던 것이다. 부엌 앞 벽에는 각종 약재로 쓰일 봉지가 걸렸다. 겨울철 가정상비약으로 쓰일 것들이다. 그 숱한 봉지들은 단순한 찬거리나 약재가 아니라 가족을 위한 엄마의 노고와 고단한 삶의 편린들이었던 것이다.

엄마는 막내딸의 일이라면 각별했다. 타지의 좁은 셋방에서 긴긴 날 혼자 아이를 돌봐야했던 엄마는 갑갑할 만도 하련만 단 한 번도 불편함을 내색하지 않았다. 나는 그 마음을 헤아려 알려고 하지 않았다. 학교에서 아이들 가르치는 일에 기운을 빼고, 집에 와서는 아이 돌보는 일에 정신을 쏟느라 엄마에게 관심을 돌리지 못했다. 엄마는 늘 나를 바라봤는데 나는 내 일에만 몰두했다. 묵묵히 계시면 편한 것으로 생각했고 엄마는 늘 그래도 되는 줄로 알았다. 엄마의 삶을 톺아보니 우렁이처럼 살아온 것 같다. 제 속을 갉아 새끼에게 먹이고 마지막에는 빈 껍질로 떠오르던 논바닥의 우렁이 말이다.

그 후에도 나는 잘 사는 모습을 보여드리지 못하고 걱정을 많이 끼쳤다. 남편 사업이 무너지면서 살던 집까지 내놓아야 했을 때는 엄마의 가슴에 큰 못질을 했다. 그 여파로 힘들 때마다 작은 못 여러 개를 더 박았다. 나는 엄마에게 못을 박고 거기에 근심의 봉지를 걸곤 했다. 따뜻한 보답이나 위로를 드리지 못한 채 아픔만 걸다가 헤어지고 말았다. 손수건에 얼룩진 누런 녹물이 마음에 남아 희석되지 않는 후회의 딱지 같아서 그것을 보는 마음이 시려온다.

나는 왜 지나고 나서야 철이 드는지 모르겠다. 이제 철이 들고 형편이 좀 나아졌는데 엄마가 계시지 않는다. 노계 박인로 선생도 반중 조홍감을 품고 싶지만 품어가 반길 이 없으니 서럽다 하지 않았던가. 나는 거기에 풍수지탄의 한을 더 얹는다. 기다려주지 않는 부모님에 대한 안타까움도 크지만 보은에도 때가 있으리라 생각지 못한 철없음이 더 어이가 없다.

엄마는 왜 그 못을 버리지 않았을까. 혹여나 딸의 다음 발령지를 걱정한 것은 아니었는지. 수건에 꽁꽁 싸매어 간직한 엄마 마음의 깊이를 가늠조차 할 길 없다. 늦은 나이에 얻은 막내딸을 위해 입에 못을 물고 오신 엄마에게 나는 망은의 못질을 했을 뿐이다. 엄마의 못은 애틋함의 증표이고 내가 친 못은 불효의 흔적이다. 못이라고 다 같은 못이 아님을 몰랐으니 난장으로 살아온 셈이다. 나는 엄마의 못에 묻은 녹을 닦아 새 수건에 고이 싸서 다시 옷장 안에 넣었다.

담아두고 싶은 풍경

　행복한 사람에게는 추억이 있고 불행한 사람에게는 과거만 있다는 문장을 읽은 적이 있다. 간직하고 싶은 추억이 있는 한 불행하지 않다는 뜻이기도 하다. 내 추억의 한 모퉁이를 차지한 그곳에 학교가 그대로 있을까? 세월이 흘렀으니 사라졌을 것이다. 그때 생각해도 오래 유지될 학교는 아니었다. 그립고 궁금하지만 찾지 않는 이유는 확인하고 싶지 않아서다. 고스란히 마음의 풍경으로 남겨두고 싶다는 뜻이다.

　숨 막히게 아름다운 골짜기였다. 밤이면 더욱 신비로움을 자아내던 곳, 두 골짜기가 모여서 하나로 합쳐지는 지점에 작은 학교가 있었다. 거기에 학교가 있으리라고는 아무도 생각할 수 없는 산골이었다. 그 학교 이름은 금성 중학교였다. 중학교라 불렀지만 정식 학교는 아니었다. 부근의 골짝 골짜기에서 중학교 진학의 기회를 놓쳐버린 아이들이 모여서 배움을 이어가던 곳이다. 이미 철이 든 아이들, 마음을 접었다가 다시 펼친 아이들이 모였기에 애틋한 정들이 맺은 가족 같은 구성원이었다.

학교가 있을 여건이 아닌 이곳에 학교를 만든 사람이 있다. 대구 동인동에서 내과병원을 경영하는 손인식 장로님의 부인이 자신의 고향에 가난해서 배우지 못한 아이들을 위하여 세운 학교이다. 손인식 원장님은 부인이 돌아가신 후에도 부인을 생각하며 더욱 애착을 가지고 운영하는 중이었다. 내가 그분에게 부임인사를 드리기 위해 병원을 방문했을 때 그분은 부인에 대한 그리움에 사무쳐 있었다. 한 달 사례비를 선불로 내 손에 쥐어주며 부디 아이들을 잘 가르치라 부탁하셨다. 연로하신 원장님이 부인을 그리워하며 눈물 흘리는 모습이 지순한 사랑으로 느껴져 마음에 잔잔한 감동을 일으켰다. 가난하게 살던 지난날을 잊지 않고 고향 아이들에게 교육의 기회를 제공한 부인의 뜻도 아름답게 새겨졌다.

대구 시외버스터미널에서 성주행 버스를 타고, 성주에 내려 다시 시외버스를 타고 굽이굽이 돌아서 내린 곳이 중리마을이었다. 아직 전기도 들어오지 않고 버스가 들어온 지도 얼마 되지 않는 오지 중에 오지였다. 3월 14일 저녁 무렵 중리마을에 도착했을 때는 눈발이 날리고 있었다. 여교사가 왔다는 소식이 온 골짜기에 퍼졌다. 아이들이 기뻐하는 모습이 예상을 뛰어넘었다. 그 전 해에도 여교사가 왔다고 했다. 엄청난 골짜기인 줄을 모르고 왔던 그녀는 너무 놀라서 짐을 가져오겠다고 가서는 소식이 없었다는 것이다. 겁이 많은 사람이라면 그럴 수도 있겠다는 생각이 들 정도의 마을이었다. 버스도 내가 가기 얼마 전에 들어왔다는 것이다. 버스가 들어왔을 때 사람들이 손뼉을 치며 좋아했다는 말을 들으니 그 장면이 고스란히 연상되어 웃음이 났다. 언덕 위 교회에 딸린 작은 방에 숙소가 정해지고 꿈같은 학교생활이 시작되었다.

교사라고 해야 교장을 합하여 단 3명, 우리는 서로 자신 있는 과목을 나누어 가르쳤다. 내가 맡은 과목은 국어, 수학, 미술이었다. 고등학교를 갓 졸업하고 왔으니 교사자격증이 있는 것도 아니었다. 아이들에게 도움을 줄 수 있다는 믿음과 열정뿐이었다. 희한하게도 교단에 서기만 하면 막힌 문제들이 술술 풀렸다. 무슨 자신감이었는지 모르겠지만 흥에 겨워 자신의 모든 에너지를 방출시켰다. 아는 것도 별로 없었지만 내 모든 것을 퍼내어 주면서 아이들과 무한 신뢰를 쌓아갔다.

수업 시간만 재미있는 것이 아니었다. 방과 후 아이들을 따라다니면서 노는 것도 좋았다. 뽕나무가지를 휘어잡고 오디를 따먹으면서 새까맣게 변한 입술을 바라보면서 터뜨린 웃음은 값으로 계산할 수 없는 아름다운 추억이다. 저녁에는 개울에서 불빛으로 고기를 잡는 불치기를 했다. 다음날은 잡은 고기로 요리를 했다. 마음씨 따뜻한 정금순 사모님이 만들어 준 어탕국수의 맛은 천하일미였다. 훨씬 후에 그분을 만날 기회가 있어 식사 대접을 했을 때였다. 우리는 중리마을에서의 추억이 얼마나 아름다운 것인가를 확인하면서 재미있는 시간을 보냈다. 추억을 공유한 사람끼리의 만남이 얼마나 풋풋한 관계인가를 그때 알았다.

중리보다 더 깊은 골짜기에 작은 여자아이가 살았다. 그는 아버지와 뜻이 맞지 않아서 대구로 가겠다고 한밤중에 나를 찾아왔다. 그날 밤 나누었던 수많은 대화들은 우리를 친구로 만들었다. 으슥한 밤중에 그를 집으로 돌려보내면서 함께 걸었던 밤길은 가슴 서늘했던 체험이다. 램프 불을 들고 골짜기를 따라 걷던 그때 무슨 생각을 했는지는 잊었지만 그것은 구도자의 행렬처럼 비장하고 뜻깊었다. 지금은 흉내 낼 수 없는 광경이다. 그 골짜기에 살던 사람도 짐승도 모두 성자였을지 모르겠다.

추억의 하이라이트는 학교 교무실에서의 여름밤 풍경이다. 저녁에 아이들이 학교로 모였다. 우리는 오르간을 중심으로 둘러서서 동철이의 반주에 맞추어 찬송가를 불렀다. 그 소리는 맑고 청아했다. 소리는 달빛을 따라 하늘로 퍼져 올랐다. 목청껏 노래를 부를 때 그 희열은 가슴을 타고 흐르며 영혼을 적셨다. 그 때 우리는 신을 만났을지 모르겠다. 하나님도 거부할 수 없었을 목소리, 하나님도 반할 수밖에 없을 밝고 환한 모습들이었다. 학교설립자가 기증한 성능 좋은 일제 오르간 소리가 얼마나 맑고 크게 울려 퍼지는지 골짜기조차 숨을 죽였다. 아름다운 여름밤 순백의 영혼들이 빛나던 시간이었다.

꿈같은 1년이 훌쩍 흘러 떠나야 할 시간이었다. 내가 떠나면 학교도 증발해버릴 것 같은 염려가 따라 붙는 것은 혼신을 쏟아 생활한 나의 착각일 테다. 마을 사람들의 배웅을 받으며 자꾸만 뒤돌아보면서 떠나오던 날이 어제인 듯 선하다. 쌀이며 김치, 반찬을 챙겨 주던 동네 분들, 예쁜 학교, 언덕 위의 교회, 교회의 종각, 개울물, 계곡 길, 잊혀 지지 않는 아이들…….

마음에 담아둔 그때의 풍경들이 오랜 교직생활을 하는 동안 은연중에 작동될 때가 있었다. 순수성을 잃어갈 때면 순백으로 살았던 그 시절 그곳 사람들의 인간적인 면모를 생각했다. 열성이 식어갈 때면 열정적으로 가르쳤던 그날들을 돌아보며 자신을 다독였다. 모든 것이 설익고 부족했지만 사람다움을 잃지 않았던 아름다운 풍경으로 자리매김 해두고 싶다.

선생님은 나의 등대

섬 여행은 오감을 만족시킨다. 아득하게 펼쳐진 푸른 물결을 바라보는 것만으로도 기분이 들썩거린다. 공중으로 솟구치던 물기둥이 하얀 파도의 포말로 부서져 내리는 것은 예측할 수 없는 우리네 삶의 모습 같다. 섬은 강한 힘으로 나를 불렀고 나는 그 힘에 이끌려 등대섬으로 가기 위해 여객선에 몸을 실었다. 잦은 비와 물때를 맞춰야 하는 문제로 미루었던 섬 여행이다. 바닷바람에 가슴이 탁 트이면서 좋은 여행이 될 거라는 예감이 들었다.

등대는 불을 켜기 위해 만든 것으로 등燈이란 글자에 묘한 확장성을 느낀다. 등대란 말 속에는 등잔불이 어른거린다. 아니 등불이 펄럭인다. 깜깜한 어둠 속에서 방안을 희미하게 비추던 등잔불이, 등불이 되어 온 마을을 밝히고 다시 횃불이 되어 민중을 이끄는 역사적 현장이 떠올랐다. 같은 자리에서 평생을 밤바다를 위해 깜박거리며 빛을 쏘아 보내는 등대燈臺는 바다의 길잡이며 생명의 신호였다. 항해하는 선박을 인도하고, 뱃사람의 정서를 다잡아 매고, 밤바다의 외로움을 안아주는 것이 등대이다.

등대가 꼭 바다에만 있는 것은 아니다. 나에게도 등대 같은 분이 있었다. 열네 살 봄, 깜깜한 길 위에 선 나를 빛으로 이끌어 주신 선생님을 나는 등대라고 명명했다. 그때 나는 절망에 빠져 지냈다. 입학식 날짜가 훨씬 지나버렸는데도 입학하지 못했고 답답하고 서러워서 눈물의 날들을 보내고 있었다. 세상은 온통 등불을 켜 든 것처럼 환하고 밝은데 나만 어둠의 길모퉁이에 서 있는 것이 두렵고 외로웠다.

어두운 밤바다의 조각배로 떠 있는 나를 이끌어주신 분은 선생님이셨다. 친구를 앞세우고 우리 집 마당에 들어선 분은 당찬 기운이 느껴지는 선생님이셨다. 놀라운 말솜씨로 아버지를 설득하기 시작했다. 세상이 달라지고 있음을 시작으로 현대는 남녀의 구별이 없는 시대이다. 여자도 배우면 얼마든지 훌륭한 인물이 될 수 있다고 했다. 선생님의 입술에서 흘러나온 화술은 빛이 되어 한 아이의 길을 밝혔다. 그 빛은 어둠을 뚫고 사방으로 퍼져나가며 뱃길을 잡아주는 등명기의 불빛과 흡사했다. 선생님의 열변에 아버지의 완고함이 녹아내렸다. 그 순간 선생님의 말(言)은 등대가 되었다. 순식간에 일어난 기적 같은 일이었다.

배움의 바다를 항해할 수 있는 기회를 얻었다. 선생님을 따라간 학교에는 중학교 진학의 기회를 놓친 아이들이 모여서 공부를 하고 있었다. 그들도 나처럼 배움을 갈망하다가 선생님의 인도로 나보다 먼저 온 아이들이었다. 학교는 지역의 어느 독지가가 세웠으며 설립한지 2년째로 접어들었다. 학교다운 학교를 만들어 가겠다는 포부로 학생들을 모집하여 열심히 키워가고 있는 중이었다. 남들이 보기에는 초라한 학교였지만 우리들에게는 꿈을 펼칠 수 있는 소중하고도 넓은 바다였다. 그 바다 속에는 여러 과목들이 헤엄치고 있었다. 새로운 과목 영어가 있었고 국어, 수학, 과학 등 과목마다 다른 선

생님들이 우리의 꿈을 피워주려고 노력했고 우리는 설렘 속에 열심히 공부했다. 배움의 기회를 놓치지 않으려는 의지가 빛을 뿜어내었다. 다시는 어둠 속으로 밀려가고 싶지 않아서인지 서로를 이끌면서 끈끈한 관계를 맺어갔다.

선생님의 말씀에는 힘이 있었다. 선생님은 문화실조에 걸린 시골아이들에게 세상을 알려주는 것으로 영양분을 공급했다. 선생님의 과목인 영어시간에는 수업보다 꿈을 심는 이야기에 주력했다. 때로는 폭풍처럼 휘몰아쳐 설득시키고 때로는 물 흐르는 것처럼 유려한 말솜씨로 타일렀다. "세상은 빠르게 발전한다. 너희는 촌스러움에서 벗어나서 꿈을 갖고 도전하라." 60년대 후반의 시골 아이들은 그만큼 무지하고 촌스러웠다. "배우고 끈질기게 노력하라. 피아니스트가 되려는 사람은 잠잘 때 자신의 배 위에 피아노 건반을 그려두고 연습하라." 아이들은 우리가 과연 그렇게 될 수 있을까 하는 의구심이 들면서도 새로운 세상에 눈을 떠갔다.

새로운 학교 건물이 지어졌고 인근 동네에서 아이들이 모여들었다. 차츰 학교가 모양을 갖추었고 주변에 이름이 알려졌다. 언덕 위에 세워진 학교는 그 지역의 등대가 되었다. 기회를 잃은 아이들에게 새로운 기회의 빛을 비춰주었다. 우리들은 등대가 있는 언덕을 향해 힘찬 발걸음을 옮겼다. 넓고 큰 세상에 갈 수 있으리라는 믿음이 생기고 자신감도 얻었다. 가늠이 되지 않는 세상의 크기에 눌려 힘이 빠지고 주눅이 들기도 했지만 그 때마다 등대는 깜박거리며 빛을 보내 인도했다. 우리는 힘주어 노를 저으며 항해를 했다. 어둠에 싸여있던 시골 아이는 무지에서 벗어날 수 있었고 계속하여 배움의 길이 열리면서 넓은 세상으로 나아갈 수 있었다. 그리고 나도 누군가의 등대가 되리라는 꿈을 가졌다.

옛 기억에 잠겨있는 동안 거제 저구항에서 출발한 배는 소매물도에 도착했다. 물 때 시간에 맞추어 등대섬에 들어가려면 서둘러야 했다. 망태봉에서 바라보는 등대는 몽환의 세계였다. 하얀 등대가 순백의 꿈을 꾸던 열네 살 소녀를 향해 반가운 손짓을 했다. 통영 8경 명승 18호로 지정된 경치답게 아름다웠고 보는 가슴이 벅차올랐다. 이 풍경을 보려고 먼 길을 새벽부터 달려온 것이 아닌가.

열목개 앞에서 길이 열리기를 기다리고 있으려니 사람들이 모여들었다. 등대섬이 쿠쿠다스 섬으로 불리면서 더욱 유명세를 타고 있음을 실감했다. 바닷물이 양쪽으로 갈라지면서 길이 나타났다. 몽돌을 밟으며 등대를 향해 재빨리 몸을 움직였다. 물이 몰려와 열린 길이 다시 묻힐 것 같아 조마조마했다. 행운의 기회를 놓칠까봐 마음 졸이며 살았던 어릴 때의 습성이 지워지지 않았나보다. 등대를 향해 목책 계단을 올랐다.

시원한 바람을 맞으며 등대 앞에 섰다. 선생님을 대하는 마음으로 등대에 경의를 표했다. 바라보는 바다는 넓고 막힘이 없다. 그 바다 가운데로 선생님의 모습이 겹쳐왔다. 나태한 아이들을 호통 치는 선생님은 무서운 바다였고, 조곤조곤 아이들을 일깨우는 선생님은 잔잔한 바다였다. 일상에 머물지 말고 끊임없이 노력하라고 독려하신 선생님은 잠시도 같은 모습이기를 거부하는 바다와 본질적으로 닮은 듯하다. 바람 사이로 선생님의 거침없는 음성이 들려왔다. 세상이 빠르게 변하고 있으니 맞추어 잘 살라 이르셨다.

길을 잃고 어둠 속에서 절망하고 있을 때 손을 내밀어 잡아주는 이가 있다면 그를 등대라 일컬어도 좋으리라. 열네 살 봄 운명의 갈림길에서 선생님을 만날 수 있었음은 얼마나 큰 행운이었던가. 등대섬 하얀 등대는 지난밤에도 변함없이 빛을 보내어 뱃길을 인도했을 것이다. 등대 불빛이 있었기에 어떤 선박은 잘못 든 항로를 바로 잡았고, 원양어선 선원들은 비로소 내 땅으로 돌아왔다는 안도감에 가슴을 쓸어내렸을 것이다.

　세상을 바르게 이끌기 위해 빛을 발하는 모든 등대에게 고마움과 무한 신뢰를 보낸다.

4장
청제는 들판으로 흐르고 싶다

은척, 그 곳에 가면

경주에 금척이, 상주에 은척이 있다. 은척은 은자다. 은자가 사람을 살려내니 사람이 수가 하염없이 늘어나고 나라님의 근심이 커지자 은자를 산에 묻었다. 은자를 묻은 은자산이 있어 은척이라 한다는 지명유래가 있다. 오래 전에 함께 근무하던 동료로부터 은척 황령천에서 고기 잡던 추억담과 은척 사람 이야기를 자주 들어서 은척을 가고 싶은 곳으로 점찍어 두기도 했다. 깨끗한 자연과 후한 인심이 어우러져 순후함이 느껴지는 '은척'이란 단어에 묘한 매력이 있다. 마침 은척에서 상주 동학 문화제가 열리고, '영남문학' 문우들이 함께 문학기

행을 한다기에 반가운 마음으로 동참했다. 사람을 살려내는 신령스런 은자를 산에 묻어버릴 생각을 한 임금님의 발상이 어이없다. 나라님의 배포가 그 정도니 나라가 외세에 시달리고, 백성들이 도탄에 빠지고, 급기야는 동학 농민전쟁이 일어나는 지경에 이르렀지 않았겠느냐는 생각을 하다 보니 차는 어느덧 은척 입구로 접어들었다.

좁은 시골 도로로 들어서니 양 가로 늘어선 산의 모습이 훨씬 가깝게 다가왔다. 가을의 초입이라 나뭇잎이 까칠해 보였다. 반드럽고 윤기 나던 한 여름의 싱그러움은 어디에 감췄는지 푸석한 낯빛으로 손님맞이에 분주하다. 동학도당이 자리 잡은 은척면 우기리는 성주봉의 보호를 받으며 야트막한 은자산과 더불어 안온한 분위기로 우리 일행을 반겼다. 동학교당은 숲속에 싸여 겉에서 보면 위치를 짐작하기 어려울 정도로 감추어져 있다. 난리를 피해 이곳을 은신처로 정한 동학접주의 안목이 예사롭지는 않았을 터다. 동학당 뜰에 마련된 무대 앞으로 관객들이 하나 둘 모여드는 모습이 여유롭다. 그 시절 동학도들은 배움의 목마름을 안고 몰래 숨어하는 모임이라 들키지 않으려는 조바심 때문에 그리 편하지 못했으리라 생각하니 짠한 마음이 가슴을 타고 오른다.

　제4회를 맞는 상주 동학 문화제를 이제 알았음이 죄스러 웠지만 행사 내용이 충실하고 여유로운 분위기 속에 진행되어 다행이다. 동학복식 페스티벌에 참가한 모델 중 우리 일행이 있어 훨씬 재미있고 그가 소개될 때 크게 박수치고 환호하니 행사에 생동감이 더해졌다. 동학 예복에는 상주 동학을 상징하는 아亞자가 중앙에 새겨 있고 팔괘를 원형으로 배치하고 음양오행과 상생의 원리에 따라 색을 선택했다. 일반 어른들이 입는 학창의는 원래 흰색이지만 상주 동학에서는 청색을 택했다니 그것은 다가오는 시운이 흥왕하기를 기대하는 의미가 그만큼 컸기 때문이다. 우리 영남문학 문우들은 함께 동학 복장을 입어보는 체험을 통해서 그 시대 동학도들의 곡진한 삶의 모습을 느껴보려 했다. 전쟁을 멀리하고 희망을 꿈꾸고 천운을 기다리며 순리에 따라 살아가고자 하는 그들의 바람은 소박하고 욕심 없는 천심이었는데 그마저 이루어지지 못한 시대의 아픔이 시리고 서럽다.

오후에 공연한 동학연극은 남접주 김주희가 우금치 전투에서 일본군에 패하고 은척에 자리를 잡으면서 생활 동학으로 전환하는 과정을 그렸다. 동학이 전쟁을 통해서만 이루어질 것이 아니라 생활 속에서 경전을 가르치고 동학 가사를 전파시켜 민초를 교화시키고 꿈을 심어주고 의식을 개혁하려는 방향으로 나아갔다. 접주 김주희는 일본군에 처형당하지만 '때가 되면 다 된다'는 희망과 긍정을 심어주고 갔다. 연극이 끝나고 배우들이 퇴장한 텅 빈 무대 위에 '인내천人乃天', '참세상' 등을 새긴 동학 깃발이 함께 어우러져 마치 '그들이 못다 이룬 꿈을 오늘 우리가 이루어가리라.' 도도하게 외치는 것 같아 인상적이었다. 실제로 지금도 동학교당에 남접주 김주희의 며느님과 손자가 살고 있음은 동학은 끝난 운동이 아니라 현재 진행 중이라는 의미로 해석되었다. 상주 동학은 민중의 삶이고 종교이고 생활이었다. 상주 동학 정신이 오래 보존되고 널리 퍼져가기를 기원한다.

행사 내내 무제한 제공된 은자골 막걸리, 그 막걸리가 유명하다는 관람객들의 평을 듣고 은척 양조장을 검색해보니 3대 째 이어오는 전통 있는 곳이었다. 황령 계곡의 맑은 물과 상주 삼백쌀과 전통누룩을 원료로 하여 정성스럽게 빚어서 은자골 탁배기로 탄생되었다. 전국 마라톤협회 공식막걸리로 알려져 있고, 2대 대표가 아너소사이어티 회원으로 가입하면서 고액 기부를 하는 미담까지 곁들었다. 마음이 끌리기도 하고 가까운 곳에 있어 찾아갔더니 양조장은 깨끗하고 정갈했다. 한 발 더 들어서니 누룩향이 은은하게 퍼지면서 후각을 기분 좋게 흔들었다. 전통과 정성과 나눔의 정신이, 정갈한 외양과 어울리면서 은척이라는 지명과도 잘 어울렸다. 넉넉한 인심을 느끼고 싶어 찾아간 곳에서 정갈함까지 확인했으니 흡족했다.

돌아가는 길목에 은척면 두곡리 640번지에 있는 수령 450년이 넘은 은행나무를 만나고 싶어 차를 멈추었다. 거대했다. 우람한 은행나무의 자태를 보는 순간 심연 속으로 빠져

들듯 잠시 말을 잃었다. 5백 살을 바라보는 노거수가 균형감을 잃지 않고 젊음을 유지하면서 수많은 잎과 열매를 달고 이렇게도 초연하게 마을을 지키고, 사람을 지키고, 역사를 지키며 서 있었다니 감동이다. 여러 곳에 수술 받은 시멘트 흔적을 안고 있으면서도 묵묵하고 청정하기만 하다. 경외감과 신령스러움에 감히 카메라를 들이대지 못하고 나무그늘 평상에서 휴식하던 마을 어르신들이 들려주는 은행나무 찬사를 들었다. 나무에 대한 그들의 자부심은 모두가 한마음으로 이어져 있었다. 그들이 준 갓 삶은 감자를 먹으면서 감자가 아닌 마을의 넉넉한 인심을 마음에 새겼다.

거기서 마을 안 쪽으로 150m 정도 들어가면 두곡리 324번지에 국내 현존하는 가장 오래된 뽕나무가 있었다. 경상북도 기념물 1호로 보호를 받으면서 아직도 누에고치 30kg을 생산할 수 있을 만큼 잎을 달고 있는 건강한 모습이었다. 물론 그도 치료를 받았고 수술 자국을 지니고 있었다. 삼백(쌀, 곶감, 누에고치)의 고장 상주에 걸맞게 상주 양잠의 역사를 전하려는 산 증인으로 서서 4백 년을 견디고 있으니 자랑스럽다. 여기가 바로 역사의 현장이다.

은척 그곳에 가면 역사가 살아서 현장을 지킨다. 자연이 맑은 기운을 뿜어내고 있으니 여유로운 일정을 잡아 다시 찾고 싶은 곳이다. 성주봉 자연휴양림에 숙박을 정하고 심신을 쉬어가며 동학 정신을 재음미해봄 직하다. 은행나무와 뽕나무를 찾아 인사를 나누며 그들이 겪은 삶의 애환과 깊은 사연을 들어보고 싶다. 시간이 허락되면 은자산을 찾아 묻혀있는 은자를 찾고 싶다. 은자를 찾을 수만 있다면 얼마나 좋으랴. 그때의 나라님이야 백성의 수가 늘어나는 것이 근심거리가 되었겠지만, 인구증가 정책을 펼치는 오늘날이야 근심을 없애는 해결사가 될 터이다.

  은척, 그곳을 다녀온 후 다시 은척 여행을 꿈꾼다.

청제는 들판으로 흐르고 싶다

땅은 하늘이 내리는 빗물을 받는다. 그 물이 벼를 키우고 사람의 양식이 되면서 나라를 융성하게 한다. 나라가 수리를 국가사업으로 삼는 이유이다. 비를 뿌리는 시기는 하늘이 정하기에 땅과 사람과 나라는 묵묵히 받아 모으고 건사할 뿐이다.

부슬비가 내리는 날 영천 구암리에 있는 청제菁堤를 찾았다. 채약산 주변에서 흘러내리는 물을 거두며 천년 하고도 오백여 년을 견뎌온 못이다. 청제는 축조 연대(536년 신라 법흥

왕 23년)가 확실하고 기록물과 실물이 함께 보존되고 있는 신라 유일의 저수지로 겉모습은 여느 못과 다름없으나 의미가 아주 깊다.

둑 아래로 백여 보를 내려가면 잘 정리된 비각 안에 보물 제517호 청제비와 청제 중립비가 나란히 서 있다. 두께와 높이가 고르지 않는 넓적한 자연석에 비문이라 하기엔 소박한 삐뚤빼뚤한 글자가 양면에 새겨졌다. 오랜 풍상으로 흐릿해 보여도 증언자로서 손색이 없다. 한쪽은 처음 둑을 축조한 사실을, 다른 쪽은 무너져 내린 둑을 수리한 사실을 적었으니 양면의 기록연대가 다르다. 소상한 기록이 오늘날 중요한 사적자료가 되었으니 선대의 자상함이 고마울 따름이다.

청제중립비는 절단되어 땅속에 묻혀 있던 청제비를 다시 맞추어 세운다는 내용을 담아 1688년에 건립되었다. 옛날 흔적을 전하지 못할까 애석해하고, 훗날 사람들이 이 제방을 허물지 말아야 할 까닭을 비문을 통해 전해준다. 많던 저수지가 하나둘 기능을 잃고 낚시터로 전락해가는 현실에서도 청제가 지금껏 제 기능을 잃지 않음이 다행스럽다. 옛것을 소중히 여겨 지켜내려는 분들의 노력 덕분에 오늘까지 보존되고 있음이다.

밥이 곧 구원이고 신앙이었다. 5~6세기는 신라의 주작물이 맥류에서 쌀로 바뀌는 시기였다. 신라는 쌀 생산을 늘리기 위해 몇몇 곳에 수리시설을 만들었다. 가뭄과 홍수의 피해를 막는 것이 쌀의 생산량을 늘리고 나라 곳간을 채우는 최상의 방법이므로 치수의 대역사를 시작한 것이다.

국력을 쏟아 부은 공사는 장상(우두머리) 3명의 지휘하에 장작인(토목 인부) 7천명이 동원되었다. 1조가 25명씩 280조로 편성되었다. 마침내 저수면적 약 11만㎡, 유효 저수량 59만 톤, 몽리蒙利 3백석 소출의 근원을 만들었다. 청제는 새 하늘이 열리는 것과 같은 기쁨이 되었을 것이다. 세월이 흐르면서 제방 둑이 무너져 내리고 왕명을 받은 내소사는 주변 인력을 더 많이 동원해 다시 토목작업을 진행했다. 부척(기술자) 136인, 법공부(전시는 전쟁에 동원, 평시는 농사에 동원 되는 사람) 1만 4천인이 동원되었다.

청제는 그 아래 펼쳐진 3십만 평 들판의 젖줄이었다. 물줄기는 구암과 도남으로 나뉘어 흐르면서 그 일원 사람들의 살림살이를 푼푼하게 만들었다. '나는 새는 굶어 죽어도 구암 사람, 도남 사람은 굶지 않는다'는 말이 있었던 것을 보면 청못의 혜택이 어떠했을지 짐작된다. 못은 오랫동안 물줄기를 다져 잡고 농토를 어루만지며 농민을 섬겨왔다. 청제라는 이름의 유례는 청지菁知가 살던 동네에 만들어진 못이라는 뜻으로 사람들이 '청못'이라 부르면서 시작되었다. 가뭄이 와도 농사를 지을 수 있다는 말을 믿고 마을을 위해 솔선수범 못을 만든 '청지'의 진심을 많은 사람들이 알아주었으면 좋겠다.

시대를 막론하고 가뭄은 인력으로 피할 수 없는 자연재해다. 어렸을 적 엄청난 가뭄의 피해를 본 기억이 있다. 쩍쩍 갈라진 논바닥에 벼 포기가 말라 비틀어졌고 밭이랑 사이에는 풋것들이 배배꼬여 버렸다. 곡식보다 먼저 타들어 버린 농민들은 하늘을 우러러 애원을 해도 끝내 천심이 농심을 외면했다. 가뭄이 지나간 그해 마을 어른들은 허리끈을 졸라매었고 아이들의 얼굴에는 부족한 영양상태를 알리는 마른버짐이 구름처럼 피어올랐다.

홍수는 더 무서운 자연재해이다. 태풍이 온 나라를 강타했을 때다. 추수를 앞둔 계절이라 벼 이삭이 넘실대던 우리 마을 아래들 논은 자갈과 모래를 덮어쓰고 흔적 없이 사라졌다. 그해 가을 사람들은 추수대신 자갈을 걷어내느라 허리가 휘어졌다. 한해 소출을 잃어버린 마을에는 여기저기서 바닥난 쌀독을 긁어대는 소리가 높아지고 나물죽으로 허기를 채운 아이들의 얼굴은 누렇게 변해 갔다.

홍수로 다 지은 농사를 버린 마을 인심은 흉흉했다. 심경에 변화를 일으킨 아버지는 몇 해를 준비하여 토지를 팔고 수리 시설이 있는 곳으로 농토를 옮겼다. 저수지 아래에 마련한 아버지의 다락 논은 제 소출을 내주었다. 모내기 계절이 돌아오면 논의 물꼬를 다지고 무넘기를 만들어 아래 논으로 흘러 보냈다. 물이 찬 논에 써레질이 한창이더니 이내 못줄 넘어가는 소리가 신명났다. 모포기가 사름을 해 푸른 기운이 차오를 때 쯤 아버지 발자국 소리에 기운이 실렸다.

웬일인지 돈가뭄이 심한 농촌에 살면서도 아버지의 주머니는 마르지 않았다. 사람들은 한강물이 마를지언정 안현어른 주머니는 마를 날이 없다 하면서 급할 때는 푼돈을 융통해가기도 했다. 풍요에서 나온 말이 아니라 절제와 요량에서 나온 말일게다. 중농에 이르지도 못한 소농으로 아끼고 모아 우리의 저수지가 되어준 아버지는 저수지 물꼬처럼 열고 닫는 때를 분별했다. 절제의 주머니에서 흘러내리는 근검을 마시며 우리는 다락논의 나락처럼 자랐다.

다시 청제 둑에 올랐다. 시간은 증발되고 못은 남았다. 남쪽 끝 경부고속도로를 따라 차들이 빠르게 달린다. 속도감을 따지는 현대인들은 청못을 토막 내어 도로를 만들었다. 몸의 상당 부분을 내어준 저수지는 이제 한풀 꺾인 모습이다. 하기야 쌀밥을 대하는 사람들의 태도도 사뭇 달라지고 있다. 영양가 많은 쌀을 당뇨병의 주범으로 몰아가고 탄수화물이 높다는 이유로 쌀밥을 네뚜리로 대하는 세상이다. 기름진 도남들판을 공단으로 변모시켜 쌀 대신 공산품으로 경제를 챙기는 것만 봐도 세상의 변화를 읽을 수 있지 않은가.

도남 들판의 젖줄이던 청제는 안타까움에 젖어든다. 물줄기는 아직 도남 들판의 곡식을 키우고 싶다고 기세 좋게 못을 빠져 나왔지만 공단으로 막혀버린 도남 쪽 물길은 땅속으로 길머리를 잡을 수밖에 없다. 건물과 도로 아래로 빠져나온 물줄기는 몸의 일부를 공단에 떼 주고 홀쭉해진 들판을 부여잡고 곡식을 키운다. 왠지 그 모습이 먹먹하고 울컥하다. 청제의 물줄기는 그 빛나던 시절처럼 들판을 가로질러 힘차게 흐르고 싶다.

문무왕을 찾아서

낭산 서쪽에 위치한 능지탑을 찾았다. 낭산은 경주국립박물관에서 울산 방향으로 2km 떨어진 곳에 있는 104m 높이의 나지막한 야산이다. 신유림이라 불리기도 한 신령스런 성산으로 정상에는 선덕여왕릉이 있고 남쪽은 사천왕사지가 있다. 이 탑에서 문무왕의 시신이 화장된 것으로 추정된다. 연화문 석재로 쌓아 올린 4각 모양의 2층 탑으로 여느 탑과는 달라서 얼른 탑이라고 납득하기에는 색다른 모습이다. 기단을 복원하고 상부를 쌓았는데 사용하고 남은 연화석이 쌓여 있는 것으로 보면 5층 탑이었던 것으로 예상된다. 탑 뒤에 성격이 규명되지 않는 토단이 있다. 혹시 토단 위에 장작을 쌓고 그 위에 유해를 얹어 태웠을까? 그 연기는 용의 형상으로 동해바다로 날아간 것은 아닐까? 거슬러 올라 신라를 더듬어 보니 나라를 걱정하고 지키려는 왕의 마음이 묵직하게 느껴져 쉽게 발걸음을 옮기지 못하고 탑돌이를 하면서 왕을 찾는다.

문무왕은 신라 30대 왕으로 아버지 김춘추의 뜻을 이어 삼국통일을 꿈꿨다. 통일을 이룬 후에도 본국으로 돌아가지 않고 이 땅을 차지하려고 싸움을 걸어오는 당나라 군대와 맞서 싸웠다. 왕은 불교의 힘으로 나라를 지키려는 뜻을 담아 사천왕사를 지어 호국사찰로 자리매김하고, 병기를 녹여 농기구를 만들어 전쟁으로 피폐한 농업생산을 회복시키는 데 노력을 기울였다. 왕은 유언으로 '자신의 시신을 인도식에 따라 화장하여 유골을 동해에 묻으면, 용이 되어 동해로 침입하는 왜구를 막겠다'고 했다. 그의 아들 신문왕은 유언에 따라 화장을 해서 유해를 동해 바다의 바위에 장사지냈다. 최초의 수중무덤 대왕암이 그것이다.

신라왕들은 대부분 사후에도 편히 살기 위해 많은 부장품과 함께 묻혔다. 경주는 고분의 도시라는 별명이 붙을 만큼 도심에 산처럼 높이 만들어진 능(총)들이 널려있다. 대부분 신라왕과 왕비의 능이다. 그들은 되도록 많은 부장품을 가져 가려고 무덤의 양식을 발전시켜나갔다. 돌무지 덧널무덤은 껴묻거리(함께 묻을 도구) 상자를 넣을 방을 나무덧널로 설치하고 그 위에 돌을 쌓고 다시 흙으로 덮어 만들었다. 많은 부장품을 도난당하지 않기 위한 양식이다. 천마총에서 출토되어 경주 국립박물관에 전시된 유물은 금관, 장신구, 무기, 마馬구, 그릇 등 엄청난 양이다. 심지어 어떤 마립간(왕)은 심부름할 소녀까지 데리고 들어갔다. 살아서 누린 권력과 재력을 사후까지 누리겠다는 끝없는 욕심이 빚은 제도이다. 사死자의 권력과 지위에 따라, 때로는 산자의 권력에 따라 껴묻는 부장품의 양이 늘어났으니 사후에도 지위를 누리며 땅속에서 죽음을 살고 있다. 정작 부장품들은 주검을 우두커니 바라보고 있었을 뿐 사용된 흔적은 없다.

불교에서 인생은 '공수래공수거'라고 한다. 빈 몸으로 떠남이 마땅하다. 이승의 것은 산자의 몫, 떠나는 이들이 행여 마음에 두지 말아야 한다. 법정스님은 이승의 삶에서조차 무소유를 설파했다. 불교를 국교로 받들던 신라의 왕이라면 그 정도의 철학은 지녔어야 왕이다. 산처럼 높이 쌓은 능 안에서 이승의 도구로 저승의 삶을 살기위해 채우려 한 것은 불교의 교리도 아니고 지도자의 영도력도 아니다. 이승의 도구가 저승에서도 맞겠는가? 모두가 비움의 미학을 알지 못한 인간의 짧은 생각과 욕심이 만들어낸 관습이다.

문무왕은 오로지 나라를 생각했다. 그의 철학은 죽음에까지 이어졌다. 극성스런 왜구가 해안을 토색질하는 것은 예견된 일이기에 부처님 힘으로도 마음을 놓을 수 없어 자신을 불태워 나라를 지키고자 했다. 왕은 깨달음도 남달랐다. 죽음이 한줌의 흙으로 돌아감을 알고 있었다. 삼국사기에 '지난날의 영웅도 모두 한 줌의 흙으로 돌아갔다. 능을 크게 만들어도 세월이 흐르면 나무꾼과 소먹이는 아이들이 그 위에서 노래하고 여우와 토끼가 굴을 팔 것이다.'라는 기록만 봐도 그의 깨달음은 천년을 뛰어넘는 위대한 통찰이다. 또 삼국유사에서 지의법사에게 늘 자신은 죽어 호국 대룡이 되어 불법을 받들고 나라를 수호하겠다고 말했다. 지의법사가 "용은 축생보가 되는데 어찌합니까?" 하니 왕은 "나는 세상의 영화를 싫어한 지 오래인지라, 만약 나쁜 응보를 받아 축생이 된다면 짐의 뜻에 합당하다."라고 답했다. 이처럼 왕은 짐승으로 환생

하는 업보조차도 아랑곳하지 않고 오직 '호국'의 길만을 생각했던 것이다.

감포 바다 수중 왕릉 대왕암 앞에 섰다. '생즉사 사즉생'의 문구가 눈앞에 일렁거렸다. 사후까지 잘살아 보겠다던 숱한 왕들은 땅속에서 무거운 침묵에 빠져 죽음을 살고 있고, 뜨거운 장작불에 몸을 불살라 나라를 지키려던 문무왕은 후손들의 가슴 속에서 뜨겁게 살아가고 있다. 끝나버린 죽음과 천년을 살아온 죽음이 오롯이 대비를 이룬다. 요즘처럼 일본과의 관계로 어려움을 겪고 있을 때는 왕이 보내준 보물 만파식적이 그립다. 피리소리에 묘책이 얹혀 달려오기라도 한다면 위기를 넘어서지 않을까 하는 생각만으로도 여행자의 가슴에 청량제가 된다. 하얀 포말을 담은 푸른빛 바다를 거느리고 오늘도 문무왕은 나라를 지키는 작전회의 중일 것이다. 왕을 믿으니 돌아오는 발걸음이 한결 가볍다.

재매정의 세월

침묵을 이고 시간이 쌓여갔다. 세월의 늪에서 추억을 더듬다가 깊은 잠에 빠지기 일쑤다. 오늘처럼 뜨문뜨문 찾아주는 이가 있으면 반갑고 설렜다. 찬란했던 그 날의 역사를 읊어주는 해설사 이야기를 듣고 있으면 마음은 두둥실 구름을 탔다. 한때는 금이 들어가는 집이라 금드리댁으로 불리는 화려한 저택에 떡하니 자리 잡고 폼 나게 살지 않았던가. 집과 어울리는 차림새로 찾아오는 사람들이 넘쳐났고 주변은 늘 왁자지껄했다. 덩달아 나도 들뜨고 바빴다. 그만하면 호사를 누리고 살았다 할 수 있으니 큰 한은 없다. 그래도 기다림은 막막하고 시간은 무심을 싣고 달렸다.

진골 귀족의 대저택이 즐비하던 이곳. 품격 있는 기와로 지붕을 이은 집들이 줄지어 섰다. 숯불로 밥을 지었다. 거리에 노랫소리 가득하고 밤낮으로 여흥이 끊이지 않으니 황금의 나라다운 화려한 모양새를 갖춘 셈이다. 645년 1월 장군은 메리포성 전투에서 대승을 거두고 도성으로 돌아오던 중 백제군의 재침범 급보를 받고 다시 전장으로 가던 중이다. 자신의 집 앞을 지나치며 마중 나온 식구 누구도 만나지 않았다. 다만 한 바가지의 물을 들이켰고 "우리 집 물맛이 아직도 그대로구나!" 하고는 전장으로 말을 몰았다. 장군의 말은 전설이 되어 나를 지켰다. 내 어찌 그 말을 잊을 수 있으랴.

명경처럼 맑고 달디 달았던 몸은 점점 총기를 잃어갔다. 흙먼지를 삼키며 뿌연 물을 가슴까지 껴안고 적막의 시간을 견디다 보면 방향을 잃어버리고 구분되지 날들을 보낼 때가 허다하다. 맑은 날은 맑은 대로 궂은 날은 궂은 대로 명멸되어 가는 시간을 지키는 일은 마고할미가 바위에 도끼를 갈아 바늘을 만드는 일에 비견된다. 무엇을 위한 기다림인지 기다림의 끝은 있으려는지 분간도 되지 않는 혼돈이 켜켜이 쌓였다.

　장군과 선덕여왕, 김춘추 공 셋이서 삼국통일의 결의를 다
질 때도 그 곁을 지켜본 장본인이 나다. 절박한 사연의 속내
를 세세히 알지는 못하지만 여자 왕이라는 불리함을 극복하
려는 여왕과 가야 족으로 살아남기 위한 장군의 뜻이 춘추공
을 연결고리로 단단하게 맺어졌다. 역동하는 역사 속에 긴박
하게 돌아가는 정국을 결속시키고 삼국통일이라는 절체절명
의 과제를 위해 거대한 역사의 수레바퀴는 돌고 돌았다. 왕위
계승 1순위 춘추 공을 장군의 여동생과 맺어주는 장면은 짜릿
한 명승부의 장으로 남았다. 동생 문희 아가씨를 화형 시키겠

다고 생솔가지 위에 젖은 장작더미를 얹고 불을 붙일 때의 그 팽팽한 분위기. 피어오르는 연기를 보며 식솔들은 일촉즉발 긴장감으로 넋이 나갔다. 여왕의 사자가 말을 달려 들이닥치고, 멈추라는 명령이 떨어졌을 땐 단단히 조였던 활시위가 끊어지듯 모두가 마당가에 털썩 주저앉았다. 스릴 넘치는 이벤트가 극적으로 성사되어 장군은 김춘추 공과 가족관계로 맺어졌다. 그리고 백제, 고구려와의 전투에서 승승장구하고 상장군, 대장군, 대각간, 태대각간으로 지위가 올랐다. 사람들은 장군 주변으로 모여들고 나는 그들에게 단물 한 사발씩을 내주며 장군을 사모하는 마음이 깊어 갔다. 장군도 나를 얼마나 아꼈는지 내 이름이 부인 이름과 같은 것만 봐도 짐작이 되지 않는가.

시간이 모두에게 공평하게 오는 것 같아도 누구에게는 빠르게, 누구에게는 아주 천천히 다가온다. 사람들은 세월을 기다리지만 그 세월이 반드시 오는 것은 아니다. 그래서 어떤 이는 기다리던 세월을 만나기도 하고 또 어떤 이는 영 만나지 못하기도 한다. 사람들은 세월에 속아 살기도 하고 세월을 믿고 마냥 기다리며 살기도 한다. 나의 시계는 멈춘 지 오래다. 나는 다시 그 세월을 만날 수 있을까. 화려한 복원을 꿈꾸며 다시 세월을 기다리고 있다.

역사는 되돌릴 수 없고 가버린 사람은 돌아오지 않는다. 사람들은 복원이라는 이름으로 소중한 걸 남기고 기억하려고 한다. 동쪽에 위치했던 월성은 무너진 터로 남았고, 하늘의 별을 점치며 왕권 강화를 꿈꾸던 첨성대는 세월을 버티고 섰다. 월성 서쪽에서 남천을 건너는 월령교는 복원이라는 이름으로 화려하게 다시 세월을 만났다.

월성의 북쪽 태자궁이었던 동궁과 달이 비췄던 호수 월지는 1980년에 정화공사를 거쳐 경주야경의 1번지, 경주의 자랑거리가 되어 밤이면 찬란하게 빛났다. 그들은 모두 세월을 다시 만난 듯 뽐내고 있고 나는 사적 제246호로 지정되어 담장에 싸여서 보호받고 있다. 장군의 집 재매정택이 복원되는 날 나 재매정은 단물 가득 담고 찾아오는 손님을 맞을 것이다.

나는 숱한 역사의 수난을 지켜보면서 이 땅을 지킨 사람들의 한살이가 얼마나 고단한가를 안다. 가난과 기근에 시달리고, 질병과 재난을 겪으며 때로는 이민족의 발굽아래 짓밟히며 긴 여정을 걸었다. 나는 내 몸을 다시 추슬러 힘들게 살아온 이 땅 후손에게 단물 한 바가지 대접하고 싶은 소망을 가지고 있다. 그들의 목을 축여주는 샘물로 거듭나서 새천년을 살아가는 신라 후예들의 위로가 되고자 오늘도 꿈을 이고 시간을 쌓아간다. 한적한 오후, 한 자락 햇살이 내 꿈을 어루만지며 지나가고 나의 세월은 오늘도 그렇게 저물어 간다.

천년의 소리

'신종을 걸어서 일승一乘의 원음圓音을 깨닫는다.' 경주 국
립박물관 뜰에 있는 성덕대왕 신종 앞에 섰다. 애절한 이야기
를 품고 있는 문화유산, 국보 제29호, 771년 신라 혜공왕 때
완성되었다. 봉덕사에 걸린 것으로 봉덕사종, 전설 따라 에밀
레종으로도 불렸다. 무형문화재 원광석 주철장은 '종은 만들
기만 한다고 종이 아니라 소리를 잘 내야한다.'고 말했다. 소
리 나지 않는 종, 거듭되는 실패로 애태우다 아이를 시주받아
종을 제작했다는 이야기는 그만큼 좋은 소리를 내야 하는 절
박함이 만든 전설이다. 세상에서 가장 맑고 순수한 어린 생명

이 어미 찾는 소리와, 그 어미의 애끓는 비탄의 소리를 넣어 만들어서, 심금을 울리는 맑고 청아한 소리가 탄생했다. 어느 독일미술학자는 '이 종 하나만으로 훌륭한 박물관을 건립할 수 있다' 평했으니 그 소리가 얼마나 영혼을 울리는 귀한 소리이겠는가.

우리는 수많은 소리를 통해 감동을 얻는다. 맑고 아름다운 악기의 선율을 듣고 마음이 녹아내리기도 하고 죽비처럼 날아오는 스승의 목소리를 듣고 깨달음을 얻기도 한다. 외부에서 들리는 소리가 마음을 깨우치기도 하고 내면에서 울려나오는 소리로 자신을 바로잡기도 한다. 누구나 잊을 수 없는 소리의 감동이 있겠지만 나를 이끈 목소리는 엄마의 목소리다.

우리 엄마의 고담 책 읽는 소리는 파도가 되어 지금도 때때로 귓가에 밀려온다. 말의 가락을 살려내어 구수하게 들려주는 소리에는 재미와 감동이 있고 가보지 못한 세상이 있었다. 간신배에 몰리는 류충렬을 통해 악이 나쁘다는 인식을 키웠고, 구박받는 장화홍련을 통해 세상살이 고달픔을 알았다. 심청이가 팔려가기 전날 밤 아버지 심 봉사를 걱정하는 애끓는 대사를 들을 즈음이면 나도 기어이 흐느낌의 소리를 냈다.
집안일과 농사일로 늘 고단했을 엄마는 꿀맛 같은 초저녁잠
을 미룬 채 우리를 곁에 뉘고 아련한 소리를 심었다. 눈물을
닦아주던 엄마의 거친 손마디가 이불깃을 스치며 내는 버석
거림은 엄마 삶의 무게였으며 동시에 그 소리는 평생 내 안에
기둥을 세워 살아가는 힘을 주고 있다.

　소리는 대부분 외부에서 들려오지만 때로는 내면에서 나오
기도 한다. 자신을 잃고 지쳐갈 때면 내면의 소리가 들린다.
'잘 할 수 있어.' 자신을 다독이고 달래는 스스로의 소리를 통
해 우리는 다시 힘을 얻기도 하고, 새롭게 결심을 굳히고, 앞
날을 계획한다. 내 안에서 들리는 소리가 그만큼 강한 힘을
가졌음이다. 그 소리는 우리를 성장시킨다.

　종소리를 듣는 것은 내면의 소리를 키우기 위한 구도행위
중의 하나이다. 종은 사람을 모으거나 시간을 알리거나 어떤
목적을 위해 울리지만 그 소리를 듣는 사람은 알지 못할 힘에
끌릴 때가 있다. 종소리가 내부의 소리와 만날 때 그 울림은
크다. 우리는 중요한 고비마다 마음의 종소리를 듣는다. 마음
의 소리는 변화의 알림이고 요동치는 울림이다. 일상의 둑이

무너지고 충격이 몰려올 때 웅~하고 귓속을 울린다. 서럽게 묻혔던 마음의 배꽃이 쏟아져 내릴 때도 종소리가 난다. 긴장 감으로 팽팽하게 조였던 마음의 끈이 툭하고 떨어져 나갈 때 도 종은 울린다. 그 소리를 듣고 무너져 내리기도 하고 다시 나를 추슬러 세우기도 한다. 한 고비를 겪으며 다짐하고 앞으 로 내디딜 때면 늘 마음의 종이 울린다.

동서양을 막론하고 종은 특별한 초자연적인 힘이 있다고 믿었기에 종을 만들 때는 최고의 재료와 기술로 장식과 문양 을 넣었다. 성덕대왕 신종에 새겨진 비천상은 공양좌상으로 연꽃자리 위에 무릎을 꿇고 두 손에 향로를 받쳐 든 자세다. 속살이 훤하게 비치는 비단 옷자락을 휘날리며 국가의 번영 을 간곡하게 기원하는 모습이 신비롭고 아름답다. 연꽃문양 은 외양의 아름다움뿐만 아니라 소리의 균형을 위해 새겨졌 다고 한다. 섬세한 문양과 소리중심이 돌아가는 구조를 맞춘 것이다. 연꽃 당좌를 치면 맥놀이 현상에 의해 소리가 멀리 퍼지고 마침내 세상을 밝히는 아름다운 울림이 되었다.

청동 12만 근을 넣어 만든 신종은 대왕의 공덕을 기리고 국가 번영을 기원하는 뜻을 품고 봉덕사에 걸렸다. 봉덕사종이 울리면 나라의 걱정이 연기처럼 사라지고 백성의 평안이 구름처럼 피어올랐다. 종은 귀한 대접을 받았다. 하지만 경천동지의 세월이 흘러 나라가 몇 번 바뀌고 백성의 삶이 지난해지자 귀한 신분도 백성 따라 피폐했다. 몽골의 침략으로 물속에 빠지고, 신라가 멸망하고 사찰이 수해를 겪는 동안 종은 수풀에 버려졌다. 아이들이 올라타는 놀이기구가 되기도 하고, 소가 뿔을 갈며 지나가는 도구가 되기도 했다. 차라리 녹여서 농기구로 만들자는 상소가 올라 운명이 기로에 놓인 적도 있었다. 다행히 눈 밝은 선비의 반대 상소로 농기구 신세를 면했다. 마침내 박물관으로 돌아온 신종, 그 신기의 소리를 듣기 위해 관람객들은 한참을 서서 기다렸다.

우 웅~ 종이 울렸다. 녹음한 종소리를 시간에 맞춰 관광객에게 들려주는 배려다. 잔잔하게 깔리는 소리를 듣는다. 우웅~ 진리의 원음이 여운을 남기며 거듭 울린다.

'너는 누구에게 한 번이라도 뜨거운 사람이었느냐.' 내 마음에 울려 퍼지는 소리를 듣는다. 나는 누구에게 위로가 된 적이 있었던가? 강도 만난 이웃에게 선한 사마리아인처럼 행동한 기억이 없다. 일용할 양식을 구하느라 종종걸음 하다가 이웃과 함께하지 못했다. 빠르게 달리기만 했으니 주변이 보일 리 없었다. 더불어 사는 세상에서 혼자 내달리는 방식은 고수의 삶이 아니다. 천천히 주위를 살피고, 때로는 숨 고르기를 하다 보면 이웃이 눈에 들어올 것이다. 급할수록 돌아가라 하지 않았던가. 거북이가 토끼와의 경주에서 잠자는 토끼를 깨워 손잡고 결승선에 함께 들어섰다면 더 많은 갈채를 받았을 것이다. 내게 내미는 손 떨치지 말고 지그시 잡아보자. 일승의 원음이 천 삼백 년을 넘어 나에게 왔다. 마음에 탑하나 세우며, 일상으로 발길을 옮겼다.

서원에서 만난 아버지

세계문화유산 재등재 소식이 반갑다. 양동마을과 함께 한 번, 한국서원의 일부로 또 한 번 인정받은 옥산서원이다. 가까운 거리에 있기도 하지만 숲과 계곡이 일품이라고 평이 난 곳이다. 과연 초입부터 노거수의 청량한 그늘과 기품서린 숲에 마음이 녹아든다. 독락당에 들렀다. 이곳은 조선 성리학의 태두 이언적 선생이 김안로의 등용을 반대하다 파직당하고 내려와 학문 연구에 집중한 곳이다. 조선의 유학이 정치이념이 되고 종교가 되어 우리의 삶에 스며들었다고 생각하면 이곳은 우리의 삶과도 무관하지 않을 것이다.

문을 들어서니 '옥산정사'라는 이황의 친필 현판이 반듯하다. 서까래 아래에는 문인들이 남긴 시문이 빽빽하게 걸렸다. 정사 마루에 앉으니 긴 세월 너머 선비들의 모습이 어른거린다. 그들은 이곳에서 시류를 논하고 저마다의 학문을 펼치며 갑론을박 격론을 펼쳤으리라. 유학은 인의예지仁義禮智를 바탕으로 이상사회를 꿈꾸었지만 체면의 굴레를 벗지 못하여 한때는 실리를 잃었다. 명분을 앞세우고 체통을 지키려는 헛기침을 하는 사이 시야는 좁아졌고 미래를 보는 안목을 넓히는데 힘을 쏟지 못했다.

유교를 받들던 아버지도 철통같은 명분의 우리에 갇혔다. '딸은 출가외인이니 삼종지도를 따르라.' 이러한 명분론은 내게 절망을 안겼고 유교에 대한 부정적 의식의 싹을 틔웠다. 중학교 진학을 조르며 눈물로 지내던 때가 떠올랐다.

너럭바위를 타고 서원으로 들어섰다. 옥산서원은 이언적 선생을 모신 사액서원으로 1572년 건립되었다. 선생의 저서와 역대 명인의 글씨, 문집, 삼국사기 완질 등 소중한 자료가 보관되어 있다. 이곳은 명문 사학의 기능을 담당했다. 청운의 꿈을 품은 젊은이들이 이곳에 모여 마음껏 학문을 겨루며 수

련에 정진했다. 양쪽에 배치된 민구재, 암구재는 그들이 동숙하던 기숙사다. 여기에서 배출된 인재들이 나라의 쓰임을 받고 여론을 만들고 사회를 이끌어 갔다. 하지만 여성이 넘볼 수 있는 공간은 아니었다. 서책을 접하지 못한 이 땅의 재원才媛들은 재능을 펼칠 기회조차 얻지 못했다. 여자라는 이유로 푸른 꿈을 접어야 했다. 딸들의 재능은 대부분 규방에서 잠들거나 시들어버린 탓에 우리는 수많은 허난설헌을 잃어버렸다.

나는 학교에 가겠다고 졸라댔고 아버지의 꼬장꼬장한 고집은 좀처럼 꺾이지 않았다. 음식을 거르며 보채었으나 아버지의 한계를 넘을 수 없었다. 배움의 길이 닫혀버린 절망의 늪에서 조각난 꿈을 안고 울다 지쳐 마음의 빗장을 걸어 잠갔다. 세상이 끝나버린 듯 암담했으나 나를 위한 세상 한 모퉁이가 남아 있었던 것이다. 어느 날 부서진 꿈의 조각이 퍼즐처럼 맞춰지는 놀라운 일이 일어났다. 친구를 앞세우고 우리 집을 찾아 온 선생님은 아버지를 설득하기 시작했다. 시대가 달라지고 있음을, 배움의 필연성을 열변으로 토하셨다.

서원 정면에 보이는 '구인당'은 강의실이고 인仁을 찾는 공간이다. 인은 유교의 핵심사상이다. 회재 선생은 성현이 기록

한 천언만어도 오직 인의 구현에 있다 했으며 『구인록』을 편
찬하고 실천에 힘썼다. 문화해설사는 인의 핵심을 관계론이
라고 말했다. 생활 속에서 인은 너와 나의 관계를 푸는 것이
라는 새로운 해설에 귀가 솔깃했다. 찬찬히 생각하니 그동안
유학의 큰 숲을 알지도 못하면서 불만의 잣대를 들이대었던

것이다. 케케묵은 사상이라느니, 이 나라 여성의 발목을 잡았다느니 하는 원망은 내게 불리하다고 함부로 쏟아놓은 불만일 따름이었다. 장님 코끼리 더듬기 식으로 말했음이다. 이제 부정적 이미지를 벗어 던지고 유학의 큰 산, 인의 뜻을 바로 알고 실천할 때다.

아버지도 꽉 막힌 분은 아니셨다. 선생님의 설득에 선뜻 마음을 바꾼 것은 스스로 납득되는 것이면 받아들일 줄 아셨음이다. 그것이 내게는 기회의 계단이 되었으니 얼마나 다행인가. 여자가 많이 배우면 팔자가 사나워진다는 시대적 관념에 젖어 딸을 가정이라는 울타리 안에 보호하려 했음은 가장으로서의 책임감 때문이다. 그것은 당신 나름으로 세상을 대하는 방식이고 가족을 보듬는 사랑이었음을 그때는 알지 못했다. 교복을 입고 아버지 앞에 섰을 때 언뜻 비치던 그 미소의 의미가 이제야 분명해졌다.

인仁은 마음의 문을 열어두고 사람을 보듬어 안는 사랑이다. 마음의 문을 여는 것은 사람 사이 갈등을 풀 수 있는 길이다. 지금껏 내게 맞지 않는 대상에 대해 섣불리 단정 짓고 마음의 문을 닫아버리는 식으로 살아왔다. 마음먹은 바를 얻어

내려고 주변을 살피지 않고 내달리기만 했다. 당연히 소통에
능하지 못하고 좋은 관계를 맺어가는 데도 서툴렀다.

어느 시인은 열면 창문이 되고 닫으면 벽이 된다고 했다.
이제 인仁을 품고 어진 삶으로 채우자. 주변의 갈등을 보듬어
안을 수 있는 넉넉한 품을 키우자.

'구인당' 마루에 앉으니 무변루 용마루 너머 자옥산 능선이 한눈에 들어왔다. 능선 따라 불어오는 솔바람에 마음 깊숙이 웅크리고 있던 선친의 한 마디를 날려 보냈다. 서원에서 만난 아버지, 그 해묵은 이해는 서원기행의 의미가 되어 돌아가는 발걸음이 가볍다.

낭산의 향기

'낭산에 누각 같은 구름이 일고 향기가 사라지지 않는다.'

신라 실성왕 12년(413년)의 일이다. 삼국사기에 왕은 이곳을 '신유림'이라고 하여 성산으로 받들며 나무 한 그루도 베지 못하게 했다고 전한다. 천년의 세월 너머 호기심의 구름 따라 향기를 찾아 달려갔다.

낭산은 사방이 논밭으로 둘러싸인 나지막한 야산. 꼭 아카시아 씨방이 남북으로 길게 누운 형상이다. 신라 오악 중 중악, 서라벌의 진산으로 중요한 유적과 유물이 산재해 있다.

낭산 남쪽 끝의 사천왕사지에 차를 멈췄다. 당간지주가 객을 맞이하며 자리를 지키고 있다. 출토된 녹유신장상이 제 모습을 갖춰 '사천왕사 녹유신장상 백년의 기다림'이란 제목으로 경주국립박물관에 특별 전시되던 기억이 났다. 불거져 나온 부릅뜬 눈, 치켜 올린 눈썹, 크게 벌어진 입, 두려움을 주는 얼굴에는 불법을 수호하고 나라를 지키겠다는 의지가 충만하여 듬직했다.

670년 원군으로 왔던 당나라 해군이 적으로 변신해 신라를 집어삼키려하니 얼마나 당황스러웠을까. 급박함에 문무왕은 불법의 힘을 빌고자 명랑스님에게 계책을 구했다. 명랑법사가 낭산에서 문두루비법(밀교의식)을 행했더니 당의 병선은 풍랑에 침몰했다. 후에 문무왕은 이곳에 사천왕사를 세웠다는 기록이 있다.

사천왕사지에는 어느 나라 군대도 아닌 망초 꽃이 하얗게 점령해버렸다. 절터 앞에는 몸체를 잃어버린 귀부가 무성한 풀 속에 버티고 앉았다. 아직도 나라 위한 마음으로 저렇게 버티고 있을까. 하기야 이 땅 돌멩이 하나도 나라를 생각하지 않은 것이 있으랴. 왕도 군대도 사찰도 호국을 위한 것이었으니 지금도 머리에 나라를 이고 무심한 나날을 견디고 있을 터이다.

선덕왕릉 가는 길로 접어들었다. 호젓한 산길이 어느덧 심심산골에 들어온 것처럼 원시림으로 펼쳐졌다. 구불구불 멋대로 큰 소나무들이 빽빽하게 들어차서 서늘한 기운과 영험함이 감돌았다. 바람조차 침범할 수 없도록 울울한 숲길을 걷다보니 산 정상이라 생각되는 지점에 선덕여왕이 고즈넉하게 누워 있다.

선덕여왕은 신라 제27대 왕으로 한반도 역사상 첫 여성 군주다. 성골이란 명분으로 왕이 되었지만 귀족들마저 그다지 우호적이지 않았다. 여자군주는 나라를 다스릴 수 없다고 하여 반란을 일으키는 무리도 있었으니 자존심에 큰 흠이 났을 것이다. 백제, 고구려, 당나라까지 여왕의 등극을 얕잡아 보았으니 지존의 자리는 기막히고 외로웠을 터였다. 그렇지만 여왕은 보란 듯이 민생을 위한 구휼사업을 펼치고 당나라 문물을 유입하여 신라발전을 이루었다. 분황사, 첨성대, 황룡사 9층 석탑을 세워 불교발전을 이루어 낸 걸출한 왕이 되었다.

앞서 다녀간 누군가가 여왕의 재단에 빨간 산딸기를 놓고 갔다. 여왕을 향한 애틋한 마음이 상석 위에 동그마니 놓인 것 같아 나도 마음을 보태어 얹었다. 한 시대를 다스리며 수모를 참아내고 이 땅 백성의 삶을 돌보고 나라를 지켜온 애틋한 마음이 전해왔다. 능 둘레를 돌면서 이어져 내려오는 역사의 끈을 생각했다. 그 끈을 잇고 지키기 위해 우리 선조들이 치러야 했을 대가가 얼마였던가. 오늘 내가 여기 있음은 우연이 아닌 수많은 선열들의 호국정신에서 비롯된 필연이다. 삼국시대 수·당의 침입, 고려의 몽고족 침입, 조선의 임진왜란 병자호란, 일제강점기, 그 숱한 전쟁에서도 나라를 지키고 국력을 키워 왔다.

이 땅을 지키는 바람소리 물소리가 그때 그 바람과 그 물이 아니듯이 여왕은 가고 우리가 오늘을 잇는다. 저 소나무도 천년을 서서 버틴 것처럼 보이겠지만 실은 그들의 후손들이 이어서 서 있다. 대를 잇고 역사를 이어간다는 것이 얼마나 소중한 일인가. 지구상에는 강력한 국가가 흔적도 없이 사라진 예가 많지만 우리는 이 땅을 지켜내었고 이어가고 있으니 조상들께 감사하다.

선덕왕릉에서 서북쪽으로 조금 내려 걷노라면 낭산 중간 지점에 문무왕의 화장터인 능지탑이 있다. 그 앞에 서면 마음이 숙연해진다. 많은 왕이 내세까지 살겠다고 산처럼 높은 능을 만들던 시절, 자신의 몸을 불태우면서까지 나라를 지키려는 호국의 의지가 세월을 넘어 내 가슴에 전해진다. 우리 곁에 함께 머무는 문무왕의 숨결이 이 땅을 지켜줄 것이라 생각하니 미덥고 든든하다.

낭산 북쪽 끝 황복사지 빈터에 황복사지 삼층 석탑만 원형을 간직한 채 서 있다. 신라 석탑의 전형적인 형태를 갖춘 이 탑은 1943년 탑을 해체 수리할 때, 제2층 옥개석에서 금제여래입상과 금제여래좌상이 발견되어 국보 제80호와 국보 제79호로 지정되었다. 마침 사진작가 2명이 탑과 보문 들판을 배경으로 일몰을 찍으면서 그 아름다움에 대하여 설명해주었다. 그러고 보니 탑 동북쪽에 보문들판이 시원하게 펼쳐있다.

보문들판에 온통 마음을 빼앗겼다. 시원하게 뻗어 눈을 즐겁게 하는 기름진 들판이다. 바라볼수록 흡족하고 껴안고 싶은 탐스런 들판이다. 신라인의 보고, 호국의 들판이라 명명해본다. 호국이란 백성을 굶기지 않고 배부르게 지키는 것이다.

이 들판에서 난 낱알이 신라인을 먹이고 나라를 지켰을 것이라 생각하니 이곳이야말로 국보급이다. 낭산이 서라벌의 진산이었음이 이제야 구체적 감으로 다가왔다. 벼 포기 사이로 향기가 피어오르고 하늘에는 뭉게구름이 떠 있다. 낭산의 유적과 고마운 들판이 내 마음을 쉬 놓아주지 않아, 멀지 않는 날 다시 한 번 찾으리라 생각하며 귀가 길에 올랐다.

소풍

봄볕이 따사로운 경주 반월성 주변은 유채꽃이 노랗게 피어 소풍객의 기분을 한층 흥겹게 만들고 있다. 보드라운 햇살이 꽃송이를 간질이는 모습이 정겹다. 꽃보다 더 예쁜 노란 유치원 병아리들의 재잘거림이 들려왔다. 즐거움이 넘실거렸다. 소풍은 마냥 즐거운 나들이다.

내 학창시절 소풍의 추억도 기억의 저장고에 고스란히 담겨 있다. 중학교 3학년 때, 설렘과 기대감을 안고 떠난 경주 수학여행. 토함산 아래 여관에 숙소를 정하고 새벽 일찍 일어나 토함산을 걸어 올라가는 코스가 짜여졌다. 사방이 어둑어둑한 가운데 길을 더듬으며 휘돌아 올라갔다. 가쁜 숨을 몰아쉬며 산 중턱을 넘어서니 솟아오는 아침햇살이 비치는 곳에 석굴이 자리 잡고 있었다. 11면 관음보살, 문수보살, 보현보살, 감실보살상 등의 조각상이 왜 훌륭한 작품인지도 모르면서 그냥 감탄을 쏟아냈다.

그 때 누군가가 본존불상에 대한 이야기를 들려주었다.
해가 뜨면 부처님 얼굴에 정면으로 비쳐서 부처님 이마에 박아둔 금덩이가 번쩍번쩍 빛이 나고 그 빛이 동해 바다까지 반사되어 신라를 쳐들어오던 왜구들은 눈이 부시어 되돌아갔다. 처음에는 본존불상의 이마에 진짜 금덩이가 박혀 있었는데 지금은 모조금을 박았다는 이야기도 곁들었다. 이야기를 들은 친구들은 금방 나에게로 말머리를 돌렸다. 나를 석가여래라 부르며 이마의 금덩이는 누가 훔쳐갔느냐고 놀려댔다. 내 이마 가운데 난 큰 수두자국 때문이었다. 조그마한 빌미만 주어지면 그것을 놀이 감으로 써먹는 아이들의 응용력이 놀라웠다. 단 하루라도 자비로운 석가여래가 될 수 있음이 나로서는 과분한 영광이니 유쾌한 놀림이었다.

소풍이라는 단어를 생각하면 어김없이 천상병 시인의 『귀천』이 생각난다. 이 시가 너무 좋아서 수시로 흥얼거리며 다닌 적이 있다.

나 하늘로 돌아가리라
아름다운 이 세상 소풍 끝내는 날
가서, 아름다웠더라고 말하리라

처음 시를 접했을 때 전류가 흐르는 떨림이 왔다. 세상살이를 소풍 왔다 간다고 생각하는 시인의 발상이 충격이었다. 더구나 평생을 가난 속에서 살았고, 정치범으로 몰려 고문당해 몸이 망가지고 넋이 나간 상태로 살아온 시인이 이생의 삶을 아름다운 소풍 나온 것이라고? 역설인지 깨달음인지 놀라울 뿐이었다. 그 고난의 삶에서 원한이나 분노의 감정이 왜 없었겠는가. 가난을 구차하다 생각하지 않고 회한의 감정마저 시침 뚝 떼고, 세상을 소풍 오듯이 그렇게 가볍게 왔다간다고 감정을 정제시킨 그의 시가 좋았다.

그즈음 나는 세상을 고해苦海라 생각하며 살았다. 모두가 괴로움의 바다에 몸을 담그고 겨우 머리만 내민 채로 허우적

거리며 살아가는 것이 인생이라 단정했다. 조금 더하거나 덜한 차이는 있지만 인간으로 태어난 자체가 고해에 몸을 담글 수밖에 없다는 생각을 가지고 있었다. 태어났으니 의무적으로 살아야 된다는 생각을 했을 뿐 인생의 기쁨이라거나, 축복이라는 생각은 아예 하지 못했다. 살아야하는 것이니까 살았다. 몸에 배인 착실함이라도 있으니 버겁고 부담스러운 삶을 참아내는 것이었다. 그냥 그 자리에 멎어버리거나 거품처럼 사라져 버렸으면 하는 충동이 수시로 스쳐가곤 했다. 존재의 무거움이었다. 귀찮음, 자신감 결여, 삶의 무게, 그런 것들을 안고 침몰하는 존재로 자신을 인식하고 있었다.

『귀천』의 충격 이후 나의 생각도 조금씩 달라졌다. 인생을 소풍이라 생각하고 심각하게 살지는 말자. 그러자 마음의 여유가 생겨났다. 그 후 이리저리 세월에 부딪치고 깎이면서 삶을 대하는 태도가 바뀌었다. 세상에 있는 아름다운 것들이 보였다. 나무가 있고, 꽃이 있고, 숲이 있고, 계곡이 있고, 맛난 먹을 것이 있다. 그리고 때로는 꽃보다 더 아름다운 사람이 있다. 사람들이 베푸는 배려가 있고 믿음이 있고 꿈이 있고 사랑이 있다. 세상은 나에게 멋진 소풍장소로 다가왔다. 이 세상에 살 수 있음이 행운이고 축복이다. 세상에 나들이 오듯이 기분 좋게 왔다가 때가 되면 미련 없이 돌아간다고 정리를 하고 나니 배짱이 생기고 졸아있던 마음이 조금씩 펴진 것이다.

나를 태울 귀환열차가 어디쯤엔가 오고 있을 것이다. 나들이객에 어울리는 아름다운 열차였으면 좋겠다. 종착역에 도착할 때까지 소풍의 추억을 좋알거릴 수 있을 만큼의 분위기를 띤 열차이면 더 좋겠다. 열차에서 내리는 날 세상 소풍 잘하고 왔다 말하리라.

생의 소풍을 생각하는 사이 반월성 앞 넓은 뜰에는 소풍객으로 가득했다. 내가 좋아하는 경주를 많은 사람들이 찾아오는 것을 보니 경주가 훌륭한 소풍 장소임이 틀림없다. 첨성대에서 시작한 발걸음이 월성, 계림, 교동마을, 신라의 심장부를 걸으며 유서 깊은 도시의 정취에 취했다. 이제 맛있는 점심으로 소풍의 즐거움을 더한 후 대능원을 걸으며 세상 소풍을 끝낸 왕들을 만나야겠다.

5장
유년의 길목

따스했던 날들

이삿짐 정리를 하다 보자기에 싸인 누런 한지 뭉치가 나왔
다. 펼쳐보니 필사본 가사 두루마리였다. 김씨효행가, 주왕산
유람가, 제침문, 베틀가, 건국가 등의 들어본 제목의 가사와
편지글, 사돈지 등이었다. 엄마와 오빠의 낯익은 글씨에 반가
움이 왈칵 묻어났다. 그렇지 그런 시절도 있었지. 생각은 시
간을 가로질러 내 유년의 따뜻했던 어느 지점을 향해 날아올
랐다.

나는 건망증이 심해 대부분의 일들을 잊어버려 곤란을 겪

는 경우가 많다. 그렇지만 이야기 구조를 지닌 것이면 뇌의 어느 회로에 걸려 기억이 잘 되는 편이다. 그만큼 이야기를 좋아하고 거기에 흥미를 느꼈다. 그런 뇌구조가 형성된 것은 아마 유년의 어느 경험에 의한 것일 터이다. 기억할 때마다 따뜻하게 와 닿는 엄마의 음성과 깊고 그윽한 겨울밤의 정취가 어제처럼 또렷하다.

그때 나는 엄마의 고담 책 읽는 소리를 즐겼다. 엄마의 고소설 목록은 『심청전』, 『춘향전』, 『장화홍련전』, 『숙영낭자전』, 『인현왕후전』, 『이대봉전』, 『류충렬전』 등이었다. 책 표지에는 '전'이 아니라 '젼'이었던가 '뎐'이었던가 기억이 가물가물해도 아무튼 요란한 색채였다. 겨울밤, 일찍 저녁밥을 먹고 설거지를 끝내면 엄마는 우리 자매를 나란히 눕히고 당신도 곁에 누워 책을 읽기 시작했다. 엄마의 목소리가 막힘없이 술술 풀리고 흥미로운 이야기 나라가 펼쳐졌다.

이야기에 빠져들다 보면 어느새 눈물이 소리 없이 볼을 타고 흘렀다. 이윽고 감정의 북받침을 참을 수 없는 지점에 도달하면, 거기서 급하게 책읽기를 중단시키고 화장실에 가겠다는 핑계를 대고 밖으로 나왔다. 혼자서 급하게 눈물을 수

습하고 아무 일 없는 듯 시치미를 떼고 들어가서 다시 자리에 누웠다. 겨울밤 책읽기는 어린 나에게 새로운 세상을 바라보는 감성의 싹을 틔웠다. 주인공에 대한 감동과 억울하고 분함과 통쾌함의 감성을 만들어 세상을 대하는 방식을 키워나갔다.

책을 읽어주는 엄마가 자랑스러웠다. 우리 삼남매 중에 엄마에 대한 긍정적인 기억과 신뢰를 가장 깊게 가진 이도 나다. 고담책 읽기는 내가 이야기를 좋아하고 언어를 사랑하는 힘의 원천이 되었다. 내가 중학교 국어교사로 어려움 없이 재미있게 업무를 수행하고 나름 보람을 가졌던 것의 원천적인 힘도 엄마의 고담책 읽기에서 나왔을 것이다.

여기까진 좋은데 아쉬움이 남는 부분이 없지 않다. 어쩜 그때 내 소심하고 대인관계에 서투른 성격의 일부가 형성된 것은 아닌가 하는 의문이다. 이야기에 빠져 슬픔이 북받쳐 올랐을 때 왜 나는 그 자리에서 소리 내어 울지 못했을까. 또 엄마는 그 자리에서 소리 내어 울게 하지 않고 화장실 핑계를 대고 밖으로 나가는 나를 말리지 않고 왜 모른 체 했을까. 감정을 그대로 표출하는 것은 부끄러운 일이 아님을 알려주고 슬품을 함께 슬퍼하고 공감하는 부분을 함께 이야기로 풀어내었다면 나의 대인관계가 그렇게 경직되지 않았을 지도 모르겠다. 그때가 감정표출에 대한 올바른 지도를 할 수 있는 기회였는데 엄마는 그 기회를 놓쳐버린 것이다. 엄마도 교육 이론을 몰랐으니 안타까운 일이지만 아쉬움이 남는 부분이다.

깊이 들여다보니 나의 그런 행동은 언니의 놀림을 피하기 위해서였던 것 같다. 언니가 사람들 앞에서 내 동생은 엄마가 소설책을 읽어주는데 울었다고 말하는 것이 창피해서 언니에게 들키지 않으려고 한 행동이었다. 언니의 놀림 속에는 성숙한 감정을 지닌 동생에 대한 자랑스러움이 들어 있었겠지만 어린 마음에는 부끄러웠다. 나는 언니의 놀림을 예사로이 받아 넘기지 못했고 언니의 자랑 섞인 놀림은 내게는 그냥 놀림이 되었다.

그 시절 이불자락 안에서 깊어가는 겨울밤은 포근하고 따뜻했다. 그때가 나의 많은 성장 요소들이 자라났던 소중한 시기였다. 엄마가 읽어주던 옛날이야기가 능선을 오르다가 최고조에 이르러 짜릿한 감동을 맛보는 순간 삶의 희비애환을 눈치 챈 것이다. 효를 배우고 선인과 악인에 대한 판단력과

충신과 간신에 대한 분별력을 배웠다. 어쩌면 그때 따스한 나의 유년이 내 삶에 녹아들어 평생을 살아가는 힘이 되었을 것이다.

유년의 길목

고향의 어린 날은 무료함으로 기억된다. 경북 청송군 부동면 부일리는 주왕산 들입에 위치한 마을이다. 지금은 주왕산 면으로 이름이 바뀌었다. 31번 국도에서 주왕산 갈림길 휴게소를 지나 5백m 지점에서 오른쪽 방향으로 주산천을 따라 3km쯤 가면 산기슭에 남향으로 옹기종기 이십여 호 마을이 있다. 강을 사이에 두고 앞산과 뒷산이 맞붙을 정도로 좁은 산골이다. 막내로 태어나 어른들의 간섭을 받지 않고 자유롭게 자랐다.

여섯 살 봄의 기억이 또렷하다. 어른들은 들로 나가고 아이들은 학교에 가고 마을은 텅 비었다. 홀로 집을 지키고 있으니 무료하고 배가 고팠다. 마을 앞의 강을 건너면 홈들에서 엄마가 밭을 매고 있다. 나는 엄마를 찾아가 젖 달라고 보챘다. "조금만 기다려라. 이 고랑마저 매놓고 줄게." 엄마는 말로 나를 달래면서 하던 일을 멈추지 않았다.

밭둑에 홀로 앉아 기다리는 시간은 길고 지루했다. 거세게 엄마를 부르며 울기 시작했다. "이놈의 어마이야 빨리 젖 안 주나 배고프다."라고 지르는 고함 소리가 온 들판을 울렸다. 밭 매던 동네 어른들이 허허야 하고 웃었다. "안현댁요 젖 좀 주소. 아가 숨 넘어 가겠니더." 일손을 멈추고 우리 밭을 향한 관심이 높아질 때쯤 엄마는 흙손을 털고 젖을 비비면서 나를 품에 안았다. 엄마의 마른 가슴은 목을 축일만큼 젖이 나오지 않았다. 그냥 엄마의 냄새에 취해 살포시 잠이 들 때쯤 엄마는 나를 품에서 떼어내며 집으로 보냈다. 언니와 마을 아이들이 학교에서 돌아오는 시간까지 동네를 점령하고 있던 적적함과 무료함은 나의 몫이었다.

일곱 살 때, 입학하는 아이들을 따라 학교에 갔다. 줄 맨

뒤에 서서 이름이 불리기를 기다렸지만 끝내 이름이 불리지 않았다. 다른 아이들이 줄지어 교실로 들어간 운동장에 홀로 남았다. 선생님이 내년에 통지서가 나오면 다시 오라셨다. 실망스런 마음으로 아이들의 뒤통수를 바라보고 섰는데 학교 종이 울렸다. 교실 안에는 어떤 일이 일어나는지 그 풍경이 궁금했다. 호기심 가득한 마음을 달래며 돌아섰다. 혼자 탈래탈래 걸어서 집으로 가는 길은 당산나무 아래부터 내달렸다. 나무둘레에 쳐진 금줄에서 귀신이 나올 것 같은 무서움이 뒷덜미를 잡아당겼기 때문이다.

여덟 살이 되어 입학을 했다. 학교 가는 일이 마냥 즐거웠다. 마을입구에 동네 아이들이 모이면 함께 걸어서 3km 정도 떨어진 학교를 향했다. 마을 여자아이들 중심에는 두리란 아이가 있었는데 나보다 세 학년이 높았고 덩치가 컸다. 아이들 손에는 고구마, 알밤, 감 등의 먹을 것이 들여 있었고 그는 당연히 받아 챙겼다. 무슨 자존심에서인지 그런 행동이 용납되지 않았다. 갖다 바치지 않는 스스로의 자격지심 때문에 그들과 가까워질 수 없었다.

아이들은 그 아이를 중심으로 뭉쳤고 나는 그 외곽에서 돌

앉다. 그 무리에 속하지 못한 약한 아이들 몇과 어울리는 정도였다. 그는 한 번도 직접 위협하지 않았는데 은연중에 두려움이 생겨 스스로 그를 멀리했다. 권력의 힘을 그때 벌써 알아차린 셈이다. 공부도 빠지지 않고 운동도 잘했으니 누구에게 얕보이지는 않았지만 누구와도 끈끈한 관계를 맺지 못했다. 타고난 기질인 듯 힘이 센 편에 붙을 생각이 없었고 그러다 보면 중심축에서 멀어졌다.

하굣길 산모롱이를 돌면 찔레순의 유혹이 있었다. 살이 올라 통통한 찔레순은 허기를 달래는 자연식이다. 껍질을 벗기고 물기 머금은 연한 줄기를 씹는 맛은 달짝지근하고 쌉쌀하다. 찔레를 입에 물고 생각 없이 걷다보면 마을이 보이는 갈림길에 이른다. 거기서부터 달음박질이다. 집을 향한 본능적 질주다. 책보자기를 방 안으로 힘껏 던져 넣으면 책보는 책상 밑으로 밀려들어갔다.

여름 오후에는 소먹이는 일이 아이들의 임무였다. 오후가 되면 아이들은 제각기 소를 끌고 마을 동북쪽에 위치한 골짜기로 모여 들었다. 뫼 벌 펀펀한 곳에서 아이들은 소고삐를 뿔이나 목에 감아서 나무에 걸리지 않게 조치를 했다. 우리 소는 뿔이 아래로 굽어 들어서 고삐를 목에다 감아줘야 했는데 느슨하게 감으면 나무에 걸리고 바투 감으면 목이 졸리기 때문에 조심해서 감아야 했다. 고삐를 다 감은 소는 엉덩이를 쳐 산으로 훑쳐 올렸다. 산을 오르내리며 풀을 뜯는 사이에 아이들은 편을 갈라 놀이를 했다. 가끔씩 산을 힐끗거리며 소를 확인하면 그만이었다.

해 그늘이 짙어지면 소는 주인을 찾아 내려왔다. 때로 무리를 이탈하는 소가 있기도 해서 어느 때는 동네 어른들이 횃불을 들고 찾아 나서기도 했다. 아이들은 자신들의 소를 찾아 고삐를 풀고 집으로 몰고 오면서 소의 배를 살폈다. '소를 아주 잘 먹여서 왔구나.'라는 어른들의 칭찬을 들으면 안심이 되었다. 멍석 깐 마당에 식구들이 모여 손칼국수나 수제비국을 한 사발씩 비우고 나면 동네 사람들이 모여들었다. 어른들의 이야기 자락을 이불삼아 스르르 잠이 들고 나면 다음날 아침 방에서 잠을 깼다.

여름날 비 온 후 산에 가면 흐드러지게 붙어있는 목이버섯을 따다가 햇살에 말려 팔았던 것이 돈벌이의 처음이다. 가을에는 알밤을 주워 팔기도 했다. 밤송이가 벌어지고 알밤 떨어지는 계절이 되면 새벽 일찍 일어나 밤나무 산으로 치달았다. 밤새 바람에 떨어진 알밤이 벌겋게 깔려 있다. 한발 늦어 다른 아이들이 한번 쓸고 간 뒤면 재미가 적었다. 대부분 큰아이들이 한번 쓸고 간 뒤이긴 하지만 내가 첫 번째 주자가 될 때는 재미가 쏠쏠했다. 여기저기 떨어져 벌겋게 깔린 알밤을 정신없이 주워 담으면 어느새 자루가 불룩해졌다.

철따라 바뀌는 일상에 재미를 붙이고 잘 지내는 듯 했지만 나는 늘 산 너머의 세상을 꿈꾸었다. 거기에는 내가 알지 못하는 일들이 가득할 것 같은 막연한 호기심이 있었다. 그래서 산골생활이 더 무료했는지 모를 일이다. 계절에 따라 내게 주어진 일이 없었던 것도 아닌데 마음은 늘 미진하다는 생각에 사로잡혔다. 나를 만족시킬 막연한 것들을 꿈꾸며 유년의 길목에서 서성거렸다.

숲속의 작은 학교

초등학교에 들어갔다. 얼마나 가고 싶은 학교였던가. 늘 심심하고 무료하기만 했던 생활에서 벗어나 학교에 가는 것이 너무 기뻤다. 마을 앞 어구에 나가서 아이들이 나오기를 기다렸다. 동네아이들이 거의 다 모이면 무리를 지어 3km 정도 떨어진 학교를 향했다. 마을 앞 강(주산천)을 건너고 산모롱이를 돌아 작은 개울을 건너면 언덕에 큰 당산나무가 있고 그 너머에 학교가 있었다.

운동장 앞쪽과 동쪽은 나무로 둘러서 있었다. 아름드리 플

라타너스와 우람한 전나무는 운동장 절반을 그늘로 덮었다. 그 아래서 고무줄놀이, 땅따먹기, 시소타기를 하면서 쉬는 시간을 보냈다. 플라타너스 나무둘레를 재겠다고 몇 명의 아이가 붙어서 팔을 벌려 이어가다 넘어졌을 때 하늘은 무수한 잎에 가린 하얀 구멍으로 보였다. 전나무 잎은 빗처럼 생겨서 잎자루를 손에 잡고 머리를 빗어 내리기도 하며 놀았다. 나무에 대한 기억이 어제인 듯 선명하다.

학교 공부가 좋았다. 선생님이 구구단 숙제를 내면 머릿속은 온통 구구단으로 가득 찼다. 적극적인 성격 때문에 할 일을 미루어두지 못했다. 누워서도 걸으면서도 구구단에 꽂혔다. 선생님은 한 사람씩 앞에 내세우고 구구단을 외우게 했고 다 외운 아이를 먼저 집으로 보냈다. 아이들은 외우다 막혀서 다시 제자리에 들어가곤 했다. 나는 단번에 거뜬하게 외워버렸다. 집으로 갈 수 있는 첫 번째 아이가 되었다. 우쭐한 기분에 잽싸게 책보를 싸 교실 밖으로 나왔다.

나오기는 했는데 막상 혼자 집으로 가려고 생각하니 난감했다. 마을 아이들을 기다려야 하는데 참을성이 부족한 나는 혼자서 교문을 나섰다. 언덕배기를 올라 당고개를 넘어야 했

다. 가지가 족히 사방 10m는 넘을 성 싶게 뻗은 느티나무가
붉고 흰 금줄을 두르고 섰으니 그 그늘에 혼자 들어가는 일은
쉽지 않았다. 마을의 동제를 지내는 신을 모신 나무여서 그곳
은 언제나 두렵고 으스스한 기분을 자아내는 곳이다. 아이들
과 함께 갈 때도 늘 호흡을 가다듬어야 접근이 가능했다. 혼
자서 가는 길이니 긴장감이 배가 되었다. 팽팽해진 등 뒤에서
섬뜩함이 느껴졌다. 한참을 뛰어 등줄기와 겨드랑이에 땀이
흥건한 후에야 겨우 그늘을 벗어났다.

실개천을 건너고 산모롱이를 돌아서 다시 앞강을 건너 엄마를 부르며 집에 들이닥쳤다. 깜짝 놀라며 반기는 엄마 앞에서 멋지게 구구단을 외워치운 이야기를 의기양양하게 떠들어댔다. 엄마는 자랑스러운 표정으로 칭찬을 아끼지 않았다. 엄마 칭찬을 듣는 일이 몇 안 되는 즐거움 중 하나였으니 당산나무 고갯길을 혼자 넘는 으스스한 일도 마다하지 않았을 듯하다.

국어시간의 일이었다. '기차가 쏜살같이 달린다.'에서 '쏜'자를 읽을 수가 없었다. 이것을 어떻게 읽어야 하는가를 생각하고 있을 때 하필이면 내 이름이 호명되었다. 낭패감이 들었지만 일어서서 읽기 시작했다. 거침없이 읽어가다가 '쏜'에 와서는 호흡을 가다듬는 체하면서 '-살같이'라 읽었다. 다행히 아무도 눈치 채지 못하는 것 같았다. 그 다음에 지명된 남섭이가 읽을 때 나는 귀를 쫑긋 세웠다. '쏜'자를 읽을 수 있었을 때 얼마나 기뻤는지 지금 생각하니 웃음이 난다.

학교 운동회는 마을의 축제였다. 그날 부모님들은 바쁜 일을 모두 뒤로 미루고 점심과 간식거리를 싸와서 자리를 잡고 구경을 하며 하루를 즐겼다. 1학년 장애물 경기는 사다리를 가로로 눕혀두고 고깔모자를 쓴 아이들이 그 칸을 통과하여 결승선까지 달려가는 경기였다. 출발선에서 총소리가 울리자 고깔모자를 쓴 아이들이 냅다 달리기 시작했다. 사다리 앞까지 달려온 아이들은 사다리 구멍에 머리를 넣다가 모자가 걸려 넘어지곤 했다. 거기서 시간이 지체되고 이리저리 고개를 박으며 사다리 칸을 찾느라 애쓰는 아이들을 어른들이 안타깝게 응원했다. 나중에 엄마께 들은 얘긴데 나는 단번에 사다리 구멍을 통과하고 가볍게 결승선으로 달려가 1등을 하더란다. 구경하던 사람들이 재치 있는 아이라면서 결승선을 통과하는 나에게 박수를 보내니 엄마의 어깨가 으쓱했다고 했다.

학교에서 배급을 주는 날이었다. 큰 드럼통에는 미국에서 원조품으로 나온 노란 옥수수 가루와 하얀 분유가 있었다. 우리는 가져간 보자기에 강냉이 가루 한 되씩이나 우유가루(분유) 한 되씩 받아서 집에 가져갔다. 다음날 학교 가는 길에 진풍경이 벌어졌다. 아이들이 찐 우유덩어리를 하나씩 갉아 먹으면서 나타났다. 동네 엄마들은 분유를 처음 보는지라 어떻게 먹어야 하는지 방법을 몰랐다. 보릿가루로 개떡 찌듯이 분유를 반죽해서 밥 솥 위에 얹어 찌니 분유는 단단한 덩어리가 된 것이었다. 어떤 아이는 생 분유를 많이 퍼먹어 설사를 하기도 했다. 못살던 시절의 해프닝이다. 이왕이면 먹는 방법까지 가르쳐주었더라면 배급품이 훨씬 유용하게 사용되었을 텐데 하는 생각을 훨씬 후에 했다.

그 작고 아늑한 학교에 3학년이 끝날 때까지 다녔다. 장성하여 그곳을 찾았을 때는 폐교가 되어 어느 사립대학 수련원으로 사용되고 있었다. 나무 아래서 한참을 섰다가 돌아왔다. 그 얼마 후 또 그곳을 찾았을 때는 그마저 운영되지 않고 교문은 쇠사슬에 묶인 채 녹 쓸고 있었다. 잊지 못할 선생님도 또렷이 기억되는 친구도 없었지만 아릿한 그리움이 남아 있는 곳이다. 그곳은 숲 속 작은 요람이었다.

기회의 도형문제

사람들은 어떤 큰일을 겪으면 심경의 변화를 일으킨다. 그 변화는 불가능해 보이던 일조차 쉽게 결정하기도 한다. 아버지는 갑자기 이사를 결심하셨다. 우리는 진보면 진안3동 54번지로 이사를 했다. 큰 집에서 키우던 소가 갑자기 병으로 죽은 후에 내린 결정이라고 했다. 아버지는 소를 여러 집에 소작을 주어 거기서 새끼를 낳으면서 재산을 늘려갔는데 순조롭게 진행되던 사업이 갑자기 변고가 일어난 것이다. 그러나 이 사건보다 앞서 아버지 슬하에서 자라던 사촌 언니의 신변 문제가 한 몫을 했다. 아버지의 충격이 컸다. '아, 이제 우

리 집이 내리막길로 접어든 것이로구나.' 당신 스스로 해석을
하면서 산골을 벗어나 대처로 나갈 결심을 한 것이다.

토지를 팔고 가옥을 정리하여 친척이 주선한 진보에 새로
운 토지를 마련했다. 1962년 봄의 일이다. 아버지는 계산을
여물게 잘했지만 안목이 넓지는 못하셨다. 부모님, 오빠 부
부, 언니와 나 여섯 식구가 살 집인데 방 둘 부엌 하나의 그야
말로 초가삼간을 마련했으니 말이다. 언니가 두고두고 하는
원망의 말은, 자신은 방이 없어 빨리 결혼을 하게 되었다는
것이다. 처녀가 거처할 방이 없는 상황을 벗어나고자 도피처
를 찾아 결혼했다는 말은 영 근거 없는 말은 아니었다.

이사를 나온 것이 내게는 기회가 되었다. 산골을 벗어났으
니 중학교 진학의 기회를 얻은 것이다. 그렇게 운명은 우연찮
게 결정되기도 한다. 전학 온 4학년 초의 모습은 치마저고리
를 입은 시골뜨기였다. 진보초등학교는 부일에 비해 아이들
숫자도 많고 규모도 컸지만 곧잘 적응을 했다. 긴 출석부에
아이들이 70여명 들어찬 콩나물시루 같은 교실에서 4, 5학년
을 보냈다. 이렇다 할 기억이 없는 걸 보면 평범하게 보낸 시
간이었다.

6학년이 되면서 역동적인 시간을 보냈다. 친구의 추천에 의해 난생 처음 여학생 부반장선거 입후보자가 되었다. 경쟁자는 여학생 중 제일 인기가 있는 옥희였다. 나는 성격상 넓은 교우관계를 맺지 못해 대부분 아이들이 그를 따랐다. 마음부터 졸았고 자신감은 바닥이었다. 나를 지지한 여자아이는 5~6명 정도였으나 남학생 대다수의 표를 얻어 넉넉하게 부반장으로 당선되었다.

첫 업무로 화장실 청소 검사가 맡겨졌다. 그 패거리들을 다루는 것이 버거웠다. 그들은 선거에 패한 것이 기분 나쁘다고 청소를 하지 않고 가버렸다. 난감했다. 첫날부터 아이들이 청소하지 않고 도망갔다고 선생님께 일러바칠 수 없었다. 그렇다고 그들을 제어할 강단도 없던 나는 혼자서 화장실 청소를 했다. 누군가가 이 사실을 알까 두렵고 자존심이 상했다. 내 유약한 리더십은 열패감을 맛보았다.

6학년부터는 공부하는 체계가 완전히 달라졌다. 우선 중학교 진학하는 아이와 하지 않는 아이로 분류했다. 진학하지 않는 아이들은 방치했고 진학하는 아이들은 관리에 들어갔다. 학교 정규수업을 마치면 비진학 아이들을 집으로 보낸 후 진학하는 아이들을 대상으로 과외공부를 시켰다. 집으로 가서 저녁 식사를 마친 아이들은 공부방으로 모였다. 큰방을 얻어 거기서 공부시키고, 재우고, 새벽에 깨워 다시 공부를 시켰다. 다음날 집에 가서 아침밥을 먹고 도시락 싸서 다시 학교로 갔다. 집이 먼 아이들은 부모님이 밥을 가져 왔다.

나는 진학 반에 들지 못해 공부방에도 가지 못했다. 그들에게 뒤쳐지고 싶지 않아 집에서 혼자 공부했다. 호롱불 아래서 늦게까지 공부를 하면 콧구멍은 까맣게 그을려 있고 아침에는 새까만 가래가 나왔다. 공부방에서는 어떻게 공부하는지 그 모습이 몹시 궁금했다. 호기심을 누를 길 없던 어느 날 나는 딱 이틀간만 아버지 몰래 공부방에 가보기로 마음먹었다.

앞에 걸린 칠판에 선생님이 문제를 풀고 아이들은 앉은뱅이책상 앞에서 그것을 노트에 적고 있었다. 선생님이 도형부피를 구하는 문제를 제시하고 풀 수 있는 사람은 손을 들라하셨다. 아이들은 잠잠했다. 손을 드는 아이가 없었다. 나는 손을 번쩍 들었고 문제를 풀고 설명했다. 집에서 오빠의 도움을 받아 풀어본 문제였기에 너끈하게 해결할 수 있었다. 또한 번의 문제가 제시되었고 나는 어렵지 않게 그 문제를 풀었다. 그날 밤 도형 두 문제가 기회의 문을 열어주었다. 선생님은 나를 진학 반으로 옮기셨고 내 이름자가 반듯하게 써진 문제집을 몇 권 주셨다. 선생님의 수제자가 된 것이다.

공부방에서는 재미있는 일이 많았다. 반별 경쟁이 치열하여 서로 스파이를 보내 다른 반 공부방 불빛이 꺼진 것을 확인하고 잠자리에 들었다. 어떤 때는 스파이가 떴다는 것을 감지하고 전등을 꺼서 자는척하다가 그가 사라지면 다시 불을 켜고 공부를 계속했다. 그 시절에도 경쟁이 치열했던 걸 보면 우리나라 사람들의 교육열은 시대를 막론하고 열성적이었다. 선생님이 출타하는 날은 아이들 세상이 되었다. 억압에서 풀려난 아이들은 공범으로 스릴을 즐겼다. 제시된 과제를 풀지 않고 한 아이가 정답을 불러주면 다른 아이들은 각자 자기 실력에 맞추어 적당하게 틀린 문제를 만들어 가면서 순식간에 과제를 해결했다. 문제지에 딸린 정답지는 선생님이 다 수거한 상태인데 그 아이는 무슨 조화로 정답지를 들고 있었던지 언제 어디서나 재주 있는 사람은 있었던 모양이다.

과제를 일찌감치 해결한 아이들과 함께 편을 나누어 했던 놀이는 짜릿하고 달콤했다. 공범이라는 연대의식이 우리를 더욱 끈끈하게 뭉치게 했다. 들통이 나서 함께 받았던 벌도 싫지 않았음은 우리들의 공모가 얼마나 달달했던가를 보여주는 방증이다. 눈가에 조롱조롱 달렸던 잠을 쫓으려고 눈 위에 엎드려뻗치기를 했을 때, 손이 시려 흘린 눈물이 쌓인 눈 위에 구멍을 만들던 한밤중의 일조차 재미있었다.

　우리 4반 담임은 임종섭 선생님이셨다. 6학년 담임은 능력이 있어야 맡을 수 있었고 그 유능함을 입증하는 척도는 진학 성적이었다. 외지에 보낼 아이, 지방에 남을 아이로 편성을 했다. 학구열이 높은 집안의 공부 잘하는 남학생 몇은 서울, 부산, 대구로 진학을 희망했다. 지방에 남을 아이들 중에서 누군가는 지역학교 수석을 차지해야 했다. 나는 선생님의 수제자로서 수석입학의 사명을 부여받았지만 수석은 다른 반 아이에게 빼앗겼다. 차석을 한 것이 두고두고 송구했다. 선생님의 은혜를 멋지게 갚아드리지 못한 나의 한계였다. 그래도 원 없이 공부했던 즐겁고 아름다운 날들이었다.

좌절의 시간

살아온 날을 톺아보면 유난히 힘든 시기가 있다. 내게는 고등학교 시절이 그랬다. 꿈 많은 여고 시절이 아니었다. 어두운 좌절의 시기였다. 내가 살던 지역에는 고등학교가 하나밖에 없었다. 선택의 여지도 없었지만 고등학교가 실업계와 인문계로 나누어진다는 사실조차 몰랐던 무지의 시기였다. 교육과정 60% 정도가 실업과목이고 인문과목이 40%도 채 못 됨을 알지 못했다. 그냥 고등학교란 이름이 붙은 것으로 감지덕지 입학을 했다.

농업학교였으니 가축, 원예작물, 화훼작물, 양봉, 가금 등
생소한 이름으로 가득한 과목이었다. 소의 임신기간은 280
일, 돼지의 신품종은 요크셔, 닭은 레그혼이 알이 굵다는 내
용들이 나의 관심을 끌지 못했다. 수업은 대부분 남학생을 대
상으로 밭에서 실습위주로 이뤄졌다. 트랙터 몰고 밭 갈기,
경운기 몰고 거름 나르기, 토끼 사육장 청소하기 등의 수업이
진행되었고, 여학생들은 교실에 남아서 잡담으로 시간을 보
냈다.

인문계 과목 수업은 흡사 구색을 갖추려는 듯 뜨문뜨문 돌
아왔다. 국어, 영어, 수학, 역사 과목이 있긴 했지만 학생들도
선생님들도 시들했다. 인문계 학교에서는 주빈으로 대접하며
배우는 과목들이 여기서는 곁다리가 되었다. 이 현상을 참아
내는 데도 인내심이 필요했다. 열성 있는 학생들과 함께 유능
한 교사의 지도를 받고 싶은 열망이 타올랐지만 어찌 그 열망
을 이룰 수 있었겠는가. 환경을 바꿀 수 있는 것도 아니고, 그
런 교육을 받으려면 도시로 학교를 옮겨야 했으니 나의 열망
은 좌절에 대한 부채질에 불과했다.

여학생은 10여명이 전부였다. 입담 좋은 친구가 전날 밤

선생님의 눈을 피해 극장에 들어가서 본 영화의 자극적인 장면을 묘사하면 아이들은 그 주변에 동그랗게 모였다. 친구의 장면묘사는 영화보다 더 리얼했다. 이어서 누구누구의 신변에 대한 이야기로 이어졌다. 재미있기는 했으나 공허한 시간이었다. 일시적인 즐거움에 젖었다가도 미래를 생각하면 금방 절망의 시간이 되었다. 꿈은 아득히 멀어지고 있었다. 유일한 여선생님인 가사선생님을 보면서 키운 교단에 서는 꿈은 요원했다. 무엇을 배워야 대학을 가든 말든 하련만 나의 고민은 깊어갔다.

심심할 때마다 책을 읽거나 흑판에서 글씨쓰기 연습을 했다. 다행이 도서관을 담당하고 있던 친구 덕분에 책을 접하는 기회가 늘어났다. 막막한 가운데 딱히 할 일이 없어서 연습했던 흑판글쓰기는 뒷날 실제로 내가 교단에 섰을 때 도움이 되었다. 세상에 헛된 노력은 없는 듯했다. 교사의 꿈을 이루기에는 너무 부족한 학교 수업이 나를 우울하게 만들었다. 친구도 한 학년 위의 숙이와 란이었다. 셋은 절친한 사이로 단단하게 맺어졌다. 셋이 모이면 잘 통하고 재미있었다. 학교 이야기, 꿈 이야기, 신앙을 이야기를 하면서 숨통을 틔웠다. 자연 우리교실보다는 친구네 교실에서 지내는 시간이 많았다.

고3 때가 학교생활 최악의 시기였다. 두 친구가 졸업해버린 학교에는 다닐 맛이 나지 않았다. 어디 마음 둘 데가 없었다. 독서하는 시간을 제외하고는 학교 뒤편 강이 내려다보이는 언덕에서 네잎 클로버 찾는 일로 시간을 보냈다. 수많은 네 잎 클로버를 찾아서 책갈피에 넣었지만 정작 내게는 행운이 더디 찾아왔다. 그때는 행운의 기미조차 보이지 않았고 깜깜한 날들만이 도사리고 있는 것 같았다.

그 언덕을 혼자서 거닐며 중학교 때 선생님 말씀을 되새기곤 했다. 이 시각에도 대도시에서는 아이들이 좋은 환경과 훌륭한 선생님 지도로 실력을 쌓아가고 있다고 생각되니 헛되이 보내고 있는 시간이 안타까웠다. 그렇다고 다른 방법이 있는 것도 아니므로 점차 허무주의로 빠져들었다. 모두가 허망하고 근원도 알 수 없는 괴로움으로 절망의 시간을 흘러 보낸 뼈아픈 기간이었다.

졸업을 하면서 좌절도 끝이 났다. 도전을 위해 뛰고 날아오르기 위해 그곳을 떠나야 했다. 초등학교 4학년 때 산골아이로 와서 고등학교를 졸업하기까지 고뇌와 좌절의 시기를 보낸 진보는 제2의 고향으로 마음속에 오롯이 담겼다.

모든 시간에는 의미가 있다. 보람찬 시간은 기쁨과 희열을 안겨주고 좌절의 시간은 절망을 통해 스스로를 성장시켰다. 돌이켜보니 좌절의 시간을 보냈기에 도약의 발걸음을 내디딜 수 있었다. 그날의 고뇌가 인생의 자양분이 될 수 있었음이다. 배움에 대한 갈급한 마음이 있었기에 발돋움 할 수 있었고 내가 부족하다는 것을 알았기에 더욱 노력했던 것이다.

장날

앞뒤가 모두 산으로 갇힌 동네에는 이따금 방물장수나 새 우젓 장수가 들릴 뿐이다. 필요한 물건을 구하려면 오일장으로 가야했다. 우리 마을에서는 주로 부남 장을 봤다. 장날이 되면 콧바람이라도 쐬려는 사람들이 나름 차려입고 동네입구로 몰려나와 길을 나섰다. 마을에서 2km를 걸어 나와 거기서 산길을 타고 재(독짐재)를 넘어야 했다. 재 꼭대기에 서면 훤하게 내려다보이는 장터 동네가 번화한 도회지 같았다. 요즘 보니 작고 초라한 시골장인데 당시는 제법 사람들이 모여드는 시끌벅적한 장터였던 모양이다. 아버지는 가끔 나를 데리고 가서 장 볼일을 보셨다.

엄마가 싸준 계란 보자기를 들고 장 나들이에 나섰다. 산길이 가팔라 일곱 살 작은 키로는 무릎이 턱을 칠 정도였다. 숨을 할딱거리며 기어오르다 계란이 깨진 줄도 몰랐다. 장터에 도착해 장사꾼 앞에서 계란 꾸러미를 풀었을 때 민망한 낭패감은 나를 더욱 졸아들게 했다. 아버지는 깨진 계란을 내려다보면서 혀를 끌끌 차셨다. 잔뜩 주눅이 들었지만 시장의 진풍경들은 그 민망함을 금방 날려버렸다.

재를 넘어 왔으니 배가 고팠다. 저만큼 난전에 펼쳐둔 자두의 빨간 색깔이 침샘을 자극하여 참을 수가 없었다. 인내심이 부족한 나는 아버지께 사달라고 보챘다. 아버지는 난감한 표정을 지으셨지만 본격적으로 졸라댔다. 장에 따라와 성가시게 군다는 나무람도 먹고 싶은 욕구를 잠재우진 못했다. 자두 한 무더기를 사서 한 입 베어 물자 새큼 달콤한 향이 입안을 사르르 돌다가 목구멍으로 꿀꺽하고 넘어갔다. 만족스럽고 행복했다.

아버지를 따라 시장 몇 바퀴를 돌고선 양념종지 몇 개를 보자기에 싸들고 왔던 재를 되넘었다. 돌아가는 고개는 더 높고 힘들었다. 엄마 앞에 시장 보자기를 풀었을 때 또 한 번 낭패감을 맛봤다. 종지는 서로 부딪쳐 이빨이 나갔다.

"갈 때는 계란 깨고, 장에 가서 먹을 것 사 달라 조르고, 집에 올 때 종지 이빨까지 뺐으니. 어, 쩌쩌."

아버지의 본격적인 질책에 무안했다. 그때는 몰랐는데 훨씬 후 그것은 어른의 잘못이라는 생각이 들었다. 아이한테 계란을 맡길 때는 깨지지 않도록 조치해야 했고, 장에 데리고 갔으면 당연히 맛있는 것 사 먹여야 했다. 또 사기그릇을 아이에게 들게 하려면 잘 싸서 들려야 하지 않느냐는 것이다. 참 허술했던 시절이었다.

장에 다녀온 날, 엄마는 애썼다고 어린 다리가 얼마나 수고했냐면서 업어주셨다. 엄마는 나를 업고 길에 나가 서서 장에 어떤 물건들이 있더냐고 물으셨다. 나는 신이 나서 장에서 본 것들을 이야기 하는데 다 큰 아이를 업었으니 다리가 흔들거리고 어색한 모양새였다. 그 때 지나가던 마을 어른이 깜짝 놀라서 아이가 어디 아프냐고, 병원 가는 길이냐고 물었다. 나는 부끄러워서 정말 아픈 척 엄마 등에 얼굴을 묻으면서 그 어른이 지나가기를 기다렸다.

우리 집 장 볼일은 모두 아버지 몫이었다. 엄마는 아예 바깥출입은 접고 사셨다. 다른 집은 엄마가 장 볼일을 다녀서 아이들이 필요로 하는 사소한 물건들도 사주곤 했지만 우리는 딸들이 필요로 하는 액세서리나 장난감 같은 것은 생각도 할 수 없었다. 최소한의 생필품 외에 아이들의 재밋거리를 가져본 적이 없다. 아기자기한 기쁨을 모르는 생활을 한 탓에 남자같이 무뚝뚝한 성질이 만들어진 것은 아닐까 하는 생각을 한다.

아버지는 생선을 즐겨 사는 편이었다. 아버지가 지게에 지고 온 생선은 큰 방어였다. 나무틀 위에 얹힌 방어의 배에서 미끈거리는 액체와 함께 새끼들이 빠져나오는 모습은 신기했다. 뱃속에 새끼를 품고 자유롭게 바다를 헤엄치다 잡혀서 우리 집까지 온 방어가 죽은 몸으로 죽은 새끼를 낳고 있는 모습이 측은했다. 바다를 한 번도 본 적이 없었던 때라 방어가 바다를 헤엄치는 모습을 상상할 수가 없었다.

진보로 이사를 나와서도 마찬가지였다. 우린 바구니를 들고 아버지 뒤를 따랐고 아버지는 필요한 물건을 사서 바구니에 던져 넣으셨다. 생선가게를 지나고 온갖 잡동사니의 철물전을 지나 토끼, 닭 등의 가축시장, 그 너머에 소전이 있고 곡물 전을 지나 비단가게를 거쳐 한 바퀴 순례하면 우리들의 시장 나들이가 끝이 났다. 그 때 사온 큰 대게는 껍질이 울퉁불퉁한 엄청 큰 놈이었다. 저녁 식사에 다 먹은 게 껍질을 버리지 않고 약재로 쓴다고 벽에 걸었다. 대게는 바다가 아닌 작은 읍에서 벽걸이로 겨울을 보냈다.

진보면 장터 가에 살았던 우리 집에 장날마다 친척들이 모여들었다. 장날은 우리 집이 친척들의 아지트가 되었다. 골짝 골짝에서 나온 친척들은 우리 집을 거점으로 오전에 한 바퀴 오후에 한 바퀴를 순례하면서 장 볼일을 보았다. 점심때가 되면 요기를 하러 모여들었고 우리 집은 잔칫날이 되었다. 진보 장날인 3일과 8일은 정례 행사가 되어 겨울에는 김치볶음밥으로 여름에는 잔치국수로 점심 접대를 했다.

이제는 가물가물한 시장의 풍속도가 기억의 늪에 갇혀 있다가 가끔씩 뛰쳐나올 뿐 나는 쾌적한 마트 장보기를 즐긴다. 오일장에 대한 정서는 가끔씩 장날을 배회하는 행동으로 나타난다. 난전에 펼쳐진 물건들을 구경하면서 서민들의 생동하는 삶을 만나고 장꾼들의 주름진 얼굴을 보면서 친척들의 모습을 소환하기도 한다.

옷에 얽힌 이야기

  보기 좋은 떡이 먹기도 좋다고 하지만 외모를 꾸미는 일에 관심이 없는 사람도 있다. 그저 배곯지 않으면 된다고 생각 하는 사람들 말이다. "많이 먹어라. 배고프지 않나?"라는 말은 들었지만 어떤 옷을 입고 싶으냐는 질문은 들은 적이 없다. 우리 집 이야기다. 초등학교 1학년에 들어가면서 다른 아이들의 옷차림에 눈길이 갔다. 저 아이처럼 입고 싶다는 생각은 했지만 입 밖에 내지는 못했다. 그런 말을 꺼낼 수 있는 분위기가 아니었다. 옷은 몸을 가릴 수만 있으면 된다는 생각이 부모님의 옷에 대한 관념이었다. 예쁜 옷은 상상도 할 수 없었고 단벌옷 신세를 면할 길이 없었다.

초등학교 졸업식을 앞둔 날이었다. 학교에서는 졸업식장에서 상을 받으러 나가는 대표아이를 지정하고 예행연습을 시켰다. 연습이 끝난 후 담임선생님이 나를 따로 부르셨다. 대표로 나가야 하니 새 옷을 입고 오라 하셨다. 그러고 보니 뜨개실로 뜬 낡은 티셔츠를 입고 있었다. 실이 부족하여 여러 색깔의 실을 모아 언니가 짜 준 후줄근한 티셔츠를 줄곧 입고 다녔으니 눈에 거슬릴만했다.

그 이야기를 꺼낸 선생님의 입장이 얼마나 난감했을까. 두고두고 얼굴이 화끈거리는 일이었다. 아버지는 시장에서 윗도리 하나를 사주셨다. 우중충한 색깔이 마음에 들지 않았지만 새 옷을 사 입었다는 만족감으로 졸업식장 시상대에 올랐다. 회색과 청색이 섞인 체크무늬의 그 재킷을 아직도 기억하는 것만 봐도 인상 깊었던 사건임이 분명했다.

궁색했던 옷 사정은 그때만이 아니었다. 중학교 입학했을 때도 그랬다. 우여곡절을 겪으면서 간신히 입학을 하니 아이들은 하복을 입고 있었다. 교복은 양장점에서 맞춤옷으로 구입하는 것이 당연하지만 중고 점에서 하복 치마와 동복 한 벌을 샀다. 이상하게 비틀어진 하복 스커트는 신체적 약점을 감추어주지 못하고 그렇잖아도 큰 엉덩이를 유난히 두드러져 보이게 했다. 거기다가 하복 상의는 전문적 기술도 없는 언니가 집에서 재단하여 만들었으니 어찌 스타일이 살아나겠는가.

몸에 맞지 않는 교복은 나를 주눅 들게 만들어 사람들 앞에 당당하게 설 수 없게 했다. 그렇지 않아도 굽은 다리에 대한 신체적 콤플렉스가 심한데 옷까지 매끈하지 못하니 이중으로 힘들었다. 동복은 너무 낡은 중고품을 샀기에 비를 맞으면 매캐하고 기분 나쁜 냄새가 났다. 멋진 옷은 아니더라도 무난한 옷을 입고, 자랑스럽지는 못해도 마음에 구김 없이 걷고 싶었다. 교복 외에는 외출복이 없어 아이들과 모임이 있을 때면 늘 난감했다. 바지는 교복바지를 입으면 되는데 상의가 없어 친구의 옷을 빌려 입곤 했다. 옷이 많은 친구는 여러 벌의 옷을 걸어두고 골라가면서 입었다. 곁에 옷이 많은 친구가 있었으니 그나마 다행이었다.

옷에 대한 불편한 기억 사이로 빛나는 추억 하나가 있다.

고등학교를 졸업한 그해 겨울 서울에 사는 오빠네로 나들이를 갔을 때다. 며칠을 묵으면서 구경을 하고 다시 집으로 올 때쯤 오빠는 종로에 있는 세운 상가로 나를 불러냈다. 상가 안으로 들어서니 눈이 휘둥그레질 정도로 옷이 많았다. 화려한 옷 사이에 서니 내 촌티가 두드러졌다. 오빠는 마음에 드는 것으로 골라보라고 했다. 모처럼의 서울 나들이에 온 여동생에게 옷 한 벌 사 입혀 보내고 싶은 오빠의 마음이 전해졌다.

남색 판탈롱 바지에 고동색 재킷을 골랐다. 옷을 입고 거울에 비쳐보니 다른 사람이 거기 서 있는 것처럼 보였다. 옷은 날개가 틀림없었다. 평생 처음 입어보는 마음을 설레게 하는 첫사랑이었다. 취직을 해 첫 부임지로 갈 때 그 옷을 입었다. 3월 초 눈이 펑펑 내리는 그곳에 긴 생머리에 멋진 판탈롱 정장을 받쳐 입은 모습이 참으로 멋졌다고 그곳 사람들이 말했다. 고마운 마음이 오래 각인되어 있었던 모양이다. 대학을 졸업하는 조카에게 양복 한 벌을 해 입히는 것으로 오빠에 대한 보은의 정을 나누었다.

어린 날 옷에 대한 한스러움을 직장에 다니면서 옷을 차려

입는 행위로 풀어갔다. 직장생활을 하는 동안 옷에 대한 갈망이 수그러들지 않았다. 행사 때는 정장으로, 소풍 갈 때는 캐주얼 복으로, 체육대회는 운동복으로 시간과 장소에 따라 복장을 갖추었다. 옷 잘 입는 모범사례가 되어 옷에 대한 한을 풀었다. 당시에는 여교사 복장 문제가 자주 거론되던 시기였다. 직원조회 때 학교장의 훈시 때면 내 이름을 거론하면서 본 받으라고 했다. 또 다른 학교에서도 옷을 단정하게 입으라는 훈시를 할 때면 나를 예시의 인물로 꼽았다. 동료들 앞에서 듣기 민망함은 있었지만 그래도 내가 모범이 되고 있다니 다행한 일이었다.

사람을 평가하는 요소 중에 옷이 차지하는 비중이 크다. 자주 만나는 사이라면 옷차림의 영향이 크지 않겠지만 한두 번 만나고 헤어지는 사이라면 옷차림은 첫인상을 각인시키는 중요한 척도가 된다. 생텍쥐페리의 『어린 왕자』에서도 옷차림에 대한 이야기를 말하고 있다. 소혹성 B612호의 존재를 증명하는 국제천문학회에서 터키 천문학자는 별의 존재를 훌륭하게 증명해 보였지만 그의 옷차림 때문에 아무도 그 말을 믿지 않았다. 다음 번 양복을 입고 나갔을 때 비로소 인정받았다. 우리말 속담에도 잘 입은 거지는 얻어먹어도 못 입은 거지는 굶는다고 했으니 옷차림은 분명 중요한 모양이다.

한은 풀기위해 존재하는 것인지도 모른다. 이제는 어린 날 잘 입지 못해서 맺힌 한도 어느 정도 풀렸다. 옷 방에 걸어둔 그득한 옷들이 지난날의 결핍을 채워주며 내 어깨에 날개를 달아주었다.

부끄러운 일화

감염이 무서워 숨죽이며 지내왔다. 코로나19 바이러스는 2년을 버티더니 새로운 변이를 만들어 더욱 위협을 가했다. 신종변이 오미크론 확진자 국내 첫 발생이란 기사가 신문 지상을 장식했다. 조금 풀려가던 사회분위기가 또 얼어붙었다. 위축된 심리가 겨울 추위보다 컸다. 신문에 크게 실린 '목사부부 택시 탔다 거짓말' 이란 제목이 눈길을 끌었다.

나이지리아를 방문하고 귀국한 목사부부가 오미크론 확진을 받고 역학조사 과정에서 거짓말 한 것이 드러나 맹비난을 받고 있다는 내용이다. 공항에서 자택으로 이동할 때 지인의 차를 타고 이동했음에도 방역택시를 탔다고 거짓말을 한 것이다. 이로 인해 밀접 접촉자의 격리조치가 제대로 이루어지지 않았기 때문에 n차 감염우려가 높다고 한다. 부부의 지인은 검사를 받아야 하는 시간에 자신이 오미크론에 감염된 지도 모른 체 많은 사람들과 접촉하였기에 심각성이 커지고 거짓말의 책임도 높아진 것이다.

왜 거짓말을 했느냐는 기자의 질문에 '내가 잘못한 건가' 하는 걱정 때문이라고 답했다. 그러면서 자신으로 인해 벌어진 사태가 죄송하고 잘못했다고 사과했다. 기사의 배경에는 모범적으로 살아야 할 목사가 거짓말을 했다는 의미가 숨어 있었다. 국민들뿐만 아니라 교회 신도들과 같은 목사 직업군에도 보이지 않는 누를 끼쳤기에 책임이 더 크다. 부부는 자신들이 한 거짓말의 후유증이 이렇게 크리라 짐작을 못했을 것이다. 거짓말의 대가를 단단히 치르며 부끄러워하고 있을 듯하다. 목사부부의 난감함에 동정이 가면서 지금까지 말하지 못했던 오래전 나의 부끄러운 이야기가 생각났다.

초등학교 3학년 늦여름 하굣길에서 일이다. 아랫마을 아이들과 섞여 걷다가 우리 마을로 접어드는 갈림길에 왔을 때다. 누군가가 아랫마을 호두나무집 아이에게 호두 몇 개를 따다 줄 것을 요구했다. 아이가 대답을 하지 않았다. 어느새 우리는 그를 둘러섰다. "야, 호두 좀 가져와" 어깨를 치는 아이도 있었고 말로만 거든 아이도 있었다. 그는 큰소리로 울었고 우리는 우는 아이를 버려두고 마을길로 접어들었다. 순식간에 벌어진 일이었다.

아무런 일도 없었던 것처럼 걷고 있는 우리 앞에 제복 입은 아저씨가 막아섰다. 넥타이를 맨 하얀 제복에 줄무늬 모자를 쓴 모습에 벌써부터 기가 눌렸다. 우리는 가방을 어깨에 둘러메고 부동자세로 줄을 섰다. 아이를 왜 때렸냐는 아저씨의 물음에 아무도 대답하지 못했다. 다시 강한 어조로 때린 이유를 말하라고 다그쳤다. 나는 때리지 않았다고 했다. 강에 가서 미역 감자고 옷자락을 잡았는데 울더라고 생각지도 못한 거짓말이 툭 튀어나왔다. 계획된 거짓말이 아니라 저절로 튀어나온 임기응변이었다.

제복의 아저씨는 수첩을 꺼내 들고 아버지 이름을 물었다. 우리는 아버지를 끌어들일 수 없다는 생각으로 버티고 섰다.

아저씨는 우리에게 위협의 말을 남기고 학교가 있는 방향으로 사라졌다. 우리는 공포감에 싸였다. 마을에 개짖는 소리만 들려도 그가 찾아온 것 같아 무서웠다. 등굣길 동네 어귀에 모이면 서로의 표정부터 살폈다. 어제 밤 별 일 없었느냐는 무언의 인사였다. 여러 날을 무서워하면서 '맞은 사람은 발 뻗고 잘 수 있어도 때린 사람은 불안에 떤다.'는 어른들의 말이 헛말이 아님을 새겨가고 있을 즘이다.

그날은 볕 좋은 토요일이었다. 교실 청소를 하려고 마을 아이들과 함께 양동이를 들고 운동장을 가로질러 우물 쪽으로 걷고 있을 때였다. 제복의 그 아저씨가 교문을 들어서는 것이 아닌가. 놀란 가슴에 우리들은 양동이를 팽개치고 정신없이 달렸다. 학교 뒤쪽 화장실이 있는 언덕 아래에 몸을 숨기고 죽은 듯이 엎드렸다. 바싹 마른입 안으로 구릿한 냄새가 날아들었다. 따가운 햇살이 내리쬐고 등줄기에 진땀이 타고 흘렀다. 일찍이 이런 낭패감을 맛본 적이 없었다. 사방은 괴괴했다. 꽤 많은 시간이 흐른 후 살금살금 운동장으로 나왔을 땐 제복아저씨의 흔적은 어디에도 없었다. 적막에 쌓인 운동장 한가운데 양동이만 나동그라져 있을 뿐이었다.

거짓말을 해서는 안 된다는 것을 혹독한 체험으로 확인한 셈이다. 그 사건으로 인해 내 안에 거짓말 하는 본능이 있음을 자각했다. 그 일 후 나는 의식적으로 거짓말을 피하고 사실을 말하려고 애써왔다. 세상을 살아보니 거짓말을 하는 것보다 사실을 말하기가 쉬웠다. 거짓말 하는 것은 자신을 포장하고 꾸미고 앞뒤를 맞추어야 하니 쉽지만은 않다. 하지만 때로 자신도 모르는 사이 불쑥 튀어나오는 거짓말이 문제이다.

심리학자 폴 에크만 박사의 이론에는 사람은 8분마다 한 번씩, 하루에 최소 2백 번의 거짓말을 한다고 밝혔다. 여기서 거짓말이란 의례적인 인사라든지, 표정, 태도와 같이 원만한 인간관계를 위한 거짓말부터 자신을 보호하기 위한 거짓말을 포함한다. 이 말이 과장된 면이 있다고 해도 인간은 순간순간 거짓말을 하는 존재인 것은 분명하다.

사람은 위기에 처하면 자신에게 유리하도록 말하는 메커니즘이 장착되어 있는 것 같다. 정직하다고 평가를 받던 내 안에 또 다른 내가 숨어있었던 것처럼 사람들은 두렵고 무서울 때 그 자리를 피하기 위해 거짓말을 한다. 사람이 심리적으로는 거짓말을 할 수밖에 없는 존재이지만 몸은 거짓말을 못한다고 하니 그나마 다행스럽다. 거짓말을 할 때는 혈압, 맥박, 호흡이 빨라지고 심리적으로 불안해진다고 한다. '피노키오 효과'란 말이 있다. 동화책의 주인공 피노키오가 거짓말을 할 때마다 코가 커지는 것처럼 사람들이 거짓말을 할 때면 코 주변의 온도가 올라가는 것을 이른 말이다.

　목사 부부는 오늘의 사건으로 인해 진솔한 삶의 길로 한 발짝 다가설 것이다. 인간에게는 반성을 발판으로 좋은 미래를 만들어 가는 능력이 있다. 지금쯤 자성의 시간으로 들어갔을 부부에게 책임 있는 자리에 있는 사람은 적어도 진실만을 말해야 한다는 메시지를 보내고 싶다. 사실을 말하기가 가장 쉽고 진실을 말 할 때 가장 힘이 생긴다는 것도 덧붙인다.

코이의 꿈

초판 1쇄 인쇄일 • 2022년 1월 20일
초판 1쇄 발행일 • 2022년 1월 25일

지은이 • 김춘기
펴낸이 • 임성규
펴낸곳 • 문이당

등록 • 1988. 11. 5. 제 1-832호
주소 • 서울시 성북구 동소문로 65-2 삼송빌딩 5층
전화 • 928-8741~3(영) 927-4990~2(편)
팩스 • 925-5406

ⓒ 김춘기, 2021

전자우편 munidang88@naver.com

ISBN 978-89-7456-541-1 03810